AF217873

George Gordon Byron

Jung Harolds Pilgerfahrt

Metrisch übersetzt von Ferdinand Schmidt

George Gordon Byron

Jung Harolds Pilgerfahrt
Metrisch übersetzt von Ferdinand Schmidt

ISBN/EAN: 9783744605397

Hergestellt in Europa, USA, Kanada, Australien, Japan

Cover: Foto ©Andreas Hilbeck / pixelio.de

Weitere Bücher finden Sie auf **www.hansebooks.com**

Jung Harold's
Pilgerfahrt.

Von Byron.

Aus dem Englischen metrisch übersetzt

von

Ferdinand Schmidt.

Berlin.

Verlag von W. G. H. Stempelmann.

1869.

An Janthe[1]).

1. Nicht in den Landen, wo ich jüngst hielt Rast
Und längst doch Schönheit ohne Gleichen sprießt,
In Träumen nicht, wo manch Gebild umfaßt
Die Seel' und seufzt, daß es als Trug zerfließt:
Hat je etwas dir gleich mein Blick begrüßt;
Und nun ich dich gesehn, wie stellt' ich dar
Den Liebreiz, der dich wunderreich umschließt!
Wer dich nicht kennt, dem macht's mein Wort nicht klar,
Und wer dich sah, weiß, daß es völlig unsagbar.

2. O magst du wie du jetzt bist immer sein!
Laß, was dein Lenz verheißt, nicht unerfüllt:
So schön als warm und doch im Herzen rein,
Hienieden flügelloser Liebe Bild,
Und glücklicher, als sich dem Wunsch enthüllt!
Und Sie, die deine Jugend treu erzieht,
Gewiß in ihr, die stündlich holder schwillt,
Den Regenbogen Ihrer Zukunst sieht,
Vor dessen Himmelsfarben jede Sorg' entflieht.

*

3. Des Westens Peri du! — wohl ist es gut,
Daß deine Jahr' erst halb nur mein' erreicht,
Da unerregt mein Blick nun auf dir ruht
Und harmlos sich zu deiner Blüthe neigt;
Beglückt, seh' ich sie nimmermehr verbleicht,
Beglückter, daß dem Schicksal ich entrückt,
Das dein Gluthauge jüngern Herzen zeigt,
Wenn einst es mit Bewundrung sie durchzückt,
Doch auch mit Weh, das selbst in Liebeslust bedrückt.

4. O senk dein Auge, — das gazellenhaft
Erglänzt bald wild, bald wieder lieblich scheu,
Das rollend siegt, wo's haftet Blendung schafft, —
Auf dieses Blatt, und meinem Verse leih
Das Lächeln, das umsonst ich seufzt' herbei,
Könnt' ich dir jemals mehr als Freund nur sein;
Gewähr' es, holde Maid! frag nicht dabei,
Weshalb ich einem Kind mein Lied mag weihn:
Um eine reine Lilie laß den Kranz mich reihn.

5. So bleibt dein Nam' in meinen Sang verwebt:
So lange sich ein freundlich Aug' ergötzt
An Harolds Blatt, Janthe mit ihm lebt,
Erschaut zuerst, vergessen auch zuletzt.
Die Widmung mag, wenn Thau mein Grab schon netzt,
Dein' Elfenfinger zu der Lyra ziehn
Deß, der als Lieblichste begrüßt dich jetzt:
Nur um ein solch Gedenken fleh' ich kühn,
Und so Geringes wird mir Freundschaft nicht entziehn.

Erster Gesang.

1. O Muf'! in Hellas göttlich einst verehrt,
Von Dichtern stets gemodelt mannichfach,
Seit spät're Harfen dich so oft versehrt,
Darf ich nicht vom Parnaß dich rufen wach;
Und doch weilt' ich an deinem heil'gen Bach.
Seufzt' über Delphis längst schon öden Schrein,
Wo Alles schweigt, der Quell nur murmelt schwach:
Mein Spiel mag wecken nicht die müden Neun,
Solch' schlichte Mär, wie mein geringes Lied zu weih'n.

2. Ein Jüngling hat in Albion einst gehaust,
Dem nie der Tugend Pfade recht behagt
Und der die Tag' in roher Lust verbraust,
Das müde Ohr der Nacht mit Lärm geplagt.
Gar schamlos war der Gauch, Gott sei's geklagt!
Und nur für wüste Schwelgerei entbrannt,
Der nicht nach Erdendingen viel gefragt
Und blos Genuß bei lockern Dirnen fand,
Im Zecherkreis' aus hohem oder niedrem Stand.

3. Jung Harold hieß er, doch vom Namen mehr
Und von den Ahnen sagen paßt mir nicht,
Es g'nügt, daß sie vielleicht von Ruf vorher
Und glorreich prangten in des Ruhmes Licht;
Doch solche Namen macht ein Schuft zunicht,
So stolz von Alters her auch strahlt' ihr Schein:
Nicht was der Herold klaubt aus staub'ger Schicht,
Was blum'ge Pros' und süßer Lugreim streun,
Kann adeln schlechte That, noch ein Verbrechen weih'n.

1

4. Jung Harold sonnt' im Mittagsstrahle sich
Wie and're Fliegen da in lust'gem Tanz,
Sorglos, ob eh' sein kurzer Tag entwich,
Vernichten könnt' ein Frosthauch seinen Glanz;
Doch eh' verstrichen war ein Drittheil ganz
Befiel den Jungherrn mehr als Ungemach:
Zum Ueberdruß ward ihm der Freudenkranz,
Und danach ekelt' ihn sein heimisch Dach
Weit öder an als eines Klausners dumpf Gemach.

5. Denn durch des Lasters weites Labyrinth
War ohne Reu' er ob der Schuld gerannt,
Geseufzt hatt' er für Viel' und doch geminnt
Nur Eine, die ihm nicht gereicht die Hand;
Ihr Glück, daß sie nicht seinen Kuß empfand,
Der nur Besudlung für so Keusches wär':
Um nied're Lust hätt' er sich ihr entwandt,
Ihr Gut vergeudet für sein wüst Begehr
Und stille Häuslichkeit behagt ihm nimmermehr.

6. Und jetzt Jung Harold war sehr herzenskrank
Und wollt' entweichen diesen Schwelgerein;
Man sagt, daß manchmal er mit Thränen rang,
Doch Stolz den Tropfen fror im Auge ein:
Abseits schlich er in düstern Träumerein
Und wollt' aus seiner Heimath fliehen weit
Fort über's Meer, wo sengt der Sonne Schein;
Von Lust berauscht, sehnt' er sich fast nach Leid
Und hätte selbst den Tod als Wechsel nicht gescheut.

7. Der Jungherr schied von seines Vaters Hall', —
Es war ein groß und ehrwürdig Gebäu,
Ob zwar schon alt, schien's doch nicht in Verfall,
Denn mass'ge Pfeiler stützten die — Abtei,
Die ruchlos Thun entweiht nun ohne Scheu!
Wo Aberglaub' einst hatte seine Stätt',
Erscholl jetzt feiler Dirnen Lustgeschrei,
Daß Mönchen dünken konnt', ihr Tag ersteht,
Wenn wahr spricht Sag' und nicht die frommen Männer schmäht.

8. Doch oftmals in der tollsten Lustigkeit
Flog seltsam Weh Jung Harolds Stirne an,
Als wenn Erinnerung an bittern Streit,
Auch an getäuschte Liebe drunter spann;
Doch Niemand sah's, noch lag zum Glück wem dran,
Denn sein Gemüth nicht arglos offen stand,
Daß Lind'rung es durch Mittheilung gewann,
Noch sich um Trost an Freundes Rath gewandt,
Wie schwer der Kummer auch, den er nicht überwand.

9. Auch liebt' ihn Niemand, ob zu seinem Dach
Gleich Zecher oft von nah und fern es trieb;
Er kannt' als Schmeichler sie für ein Gelag,
Die herzlos nur schmarotzt um Lustgetrieb.
Ja Niemand liebt' ihn, selber nicht sein Lieb,
Denn Prunk und Macht sind Weibes Wunsch allein
Und sie nur hat der leichte Eros lieb;
Wie Motten lockt die Dirnen an der Schein
Und Mammon siegt, wo Seraphs untergeh'n in Pein.

10. An seine Mutter dachte Harold zwar,
Doch scheut' er vor dem Abschied sich von der,
Selbst seine Schwester, die so lieb ihm war,
Sah er vor seiner schweren Fahrt nicht mehr;
Blieb ihm ein Freund, er grüßt' ihn nicht vorher;
Glaubt aber nicht, daß seine Brust von Erz:
Wer weiß wie's thut, an wen'gen Wesen sehr
Zu hangen, der wird fühlen auch mit Schmerz,
Solch Scheiden bricht anstatt es heilen soll das Herz.

11. Sein Haus und Heim, sein Erb' und Eigenland,
Die muntern Frau'n mit großem blauem Aug',
Hellblondem Haar und schneeig weißer Hand,
Die wohl verführt Anachoreten auch,
Und sang' ihm stillten der Begierden Hauch, —
Die Humpen voll von edlem Rebenblut
Und Alles was einlud zu üpp'gem Brauch,
Verließ er gern, zu zieh'n durch Meeresfluth
Nach Heidenländern jenseit des Aequators Gluth.

12. Ein günst'ger Wind die Segel füllte dicht,
Als führt' er gern ihn fort vom Heimathstrand,
Und rasch die weiße Küste seiner Sicht,
Versunken in dem Schaum ringsher, entschwand;
Und da vielleicht er Reue schon empfand
Ob seiner Fahrt, doch barg er dies Gefühl
Und kein Wehlaut trat auf der Lippen Rand,
Indeß manch Andrer weinend saß und viel
Geklag' unmännlich rief in tauber Lüfte Spiel.

13. Doch als die Sonn' im Ocean versank
Nahm er die Harf', auf der er manchmal sich
Versucht, obwohl mit ungeübtem Klang,
Glaubt' er, daß ihn kein fremdes Ohr beschlich.
Und jetzt er mit den Fingern drüber strich
Und stimmt' im Dämmer an sein Abschiedslied;
Indeß sein Schiff auf schnee'ger Schwing' entwich
Und fern sein Blick die Ufer schwinden sieht,
Also in Wog' und Wind sein letzt „Gut Nacht!" hinzieht:

1. Ade! Ade! — Mein Heimathsbild
Auf blauer Fluth rückt weit,
Der Nachtwind ächzt, die Woge brüllt,
Und wild die Möve schreit,
Der Sonne Flucht verfolgen wir,
Wie sie in's Meer sinkt sacht,
Lebwohl derweil ihr, und auch Dir
Mein Vaterland — Gut Nacht!

2. Nach wenig Stunden kehrt sie her,
Zu leih'n dem Morgen Licht,
Und ich begrüße Lüft' und Meer,
Doch Mutter Erde nicht.
Verwaist steht meine gute Hall',
Ihr Heerd ist leer zur Stund',
Und Unkraut wuchert auf dem Wall,
Am Thore heult mein Hund.

3. Mein kleiner Page komm hieher,
Was weinst und klagst du, Kind?

Erschreckst du vor dem wilden Meer
Und zitterst vor dem Wind?
O trockne deiner Thränen Quell,
Mein Schiff ist fest und schwank,
Mein flinkster Falke fliegt so schnell
Und fröhlich nicht entlang.

4. „Laßt toben Wind' und Wogen hin,
Nicht fürcht' ich Wog' und Wind,
Doch staunt, o Herr! nicht, daß ich bin
So kummervoll gesinnt:
Von meinem lieben Mütterlein,
Vom Vater mußt' ich geh'n,
Hab' keinen Freund, als dies' allein
Und euch — und droben Den.“

5. „Mein Vater segnete mich warm,
Doch klagt' er nicht so sehr,
Doch meine Mutter seufzt in Harm,
Bis daß ich wiederkehr'.“
Schon gut, mein kleiner Bursch, schon gut!
Die Thräne ziert dein Aug';
Wär mir so rein wie dir zu Muth,
Nicht trocken mein's blieb' auch.

6. Mein wackrer Knappe komm hieher!
Was schaust so bleich du aus?
Schreckt dich ein fränkscher Feind so sehr?
Scheust du das Sturmgebraus?
„Glaubt ihr, ich zittr' um meinen Leib?
Herr, ich bin nicht so weich;
Doch der Gedank' an's ferne Weib
Macht treue Wangen bleich.“

7. „Mein Weib sammt Knaben wohnt am See,
Der an eu'r Schloß grenzt an,
Und fordern die den Vater je,
Welch' Antwort giebt sie dann?“
Schon gut, mein lieber Knapp', schon gut!
Berechtigt ist dein Leid;

Doch ich bei meinem leichtern Muth
Bin froh, daß wir zieh'n weit.

8. Denn wer mag traun dem eiteln Schwur
Von Weib und Liebchen noch?
Der schönen Augen Thränenspur
Weicht frischen Buhlen doch;
Mich kümmert nicht entschwundnes Glück,
Noch nahende Gefahr,
Mich schmerzt, daß ich nichts ließ zurück,
Was werth der Thränen war.

9. Nun bin ich in der Welt allein
Auf weiter, weiter See;
Was soll um Andr' ich traurig sein,
Wenn Keinen rührt mein Weh?
Mein Hund vielleicht flennt noch um mich,
Bis fremde Hand ihn speist,
Und kehr' einmal zurück dann ich,
Er auf dem Fleck mich beißt.

10. Mit dir, mein Schiff, will rasch ich ziehn
Durch schaum'ger Fluthen Schicht,
Gleichviel zu welchem Land wir flieh'n,
Nur nach dem meinen nicht.
Willkomm, schwarzblaue Wogen mir!
Und wenn ihr schwindet sacht,
Willkomm', ihr Wüsten, Höhlen ihr!
Mein Heimathland — Gut Nacht!

14. Fort, weiter fliegt das Schiff, das Land entwich
Und ruhlos wogt im Sturm Biskayas Bai,
Vier Tag' entflohn, doch zeigt am fünften sich
Zur Freude jeder Brust ein Strand auf's neu;
Und ihre Fahrt grüßt Cintra's Felsenreih'
Und Tajus, rollend fabelhaft in's Meer
Den Goldtribut, — der Lootse kommt herbei
An Bord und steuert zwischen Ufern her
Voll Fruchtbarkeit; doch Erntehände fehlen sehr.

15. O Jesus! Lust zu seh'n ist, was gethan
Der Himmel hat für dies entzückend Land:
Welch duft'ge Frucht die Bäume röthet an,
Welch holde Sicht sich ob den Höhen spannt!
Doch sie verdirbt des Menschen Frevelhand,
Und hebt die grimmste Geißel Gott auf die,
Die seiner Satzung sich zumeist entwandt,
Straft Er mit glüh'nden Pfeilen dreifach hie
Frankreichs Heuschreckenschwärm' und tilgt vom Boden sie.

16. Wie zeigt sich Lissabon anfangs so hold,
Wenn auf die prächt'ge Fluth sein Bild sich legt,
Die Dichter falsch begabt mit Sand von Gold,
Die aber jetzt an tausend Kiele trägt
Voll Macht, seit Albion den Bund gepflegt
Und Schutz den Lusitanen hat gewährt,
Ein Volk, das Ignoranz und Dünkel hegt
Und leckt, doch haßt die Hand, die mit dem Schwert
Von ihm den Druck des gallischen Tyrannen wehrt.

17. Doch wer jemals die innre Stadt betritt,
Die fernher leuchtend scheinet himmlisch fast,
Der wird enttäuscht auf jedem Tritt und Schritt
Von Vielem, was ein fremdes Auge haßt;
Denn gleichen Schmutz zeigt Hütte wie Palast,
In Unflath sich das Volk zum Bürger weiht,
Niemand aus hoher oder nied'rer Kast'
Es kümmert, ob er rein an Wäsch' und Kleid,
Daß von Egyptens Plag' ihn Seif' und Kamm befreit.

18. Armselig Volk! Warum Natur umgab
Verschwend'risch dies mit Wundern ohne Zahl?
Seht da, wie Cintra's Eden wechselt ab
So herrlich im Gewirr von Berg und Thal!
Nicht kann des Pinsels noch der Feder Wahl
Nur schildern halb, was lenkt das Aug' empor
Auf Scenen, blendender dem Blick zumal
Als jene, die geführt der Dichter vor,
Der der ehrfürcht'gen Welt erschloß Elisium's Thor ²).

19. Die grause Klipp' auf der das Kloster ruht,
Korkeichen, die die rauhe Schrof' umziehn,
Das Bergmoos, das gebräunt der Lüfte Gluth,
Die Schlucht, wo lichtlos weinen muß das Grün,
Die glatte See in zart azurnem Glühn,
Orangen, die vergolden das Gezweig,
Gießbäche, die vom Fels zu Thale sprüh'n,
Hoch oben Reben, drunten Weidensträuch' —
In ein Prachtbild verwebt, an Schönheitswechsel reich!

20. Nun langsam klimm' hinan den Wendelsteig
Und schau dich um auf jeder weitern Höh',
Sieh, neue Reiz' erstehn rings im Bereich,
Und rast' am Haus von „Unf'rer Frau zum Weh",
Wo manch Legend' und auch Reliquie
Dem Fremdling schlichte Mönche machen kund;
Da wurden Ketzer oft gestraft von je
Und lang Honorius wohnt' im Felsenschrund,
Der um den Himmel warb durch Höll' auf Erdengrund.

21. Und hie und da, springst du den Fels hinan,
Acht' auf viel rohgeschnitzte Kreuz' am Steig,
Doch sieh sie' nicht für Andachtsgaben an —
Nur schwache Male sind's von blut'gem Streich:
Denn wo sein Blut ein schreiend Opfer bleich
Hat irgend durch des Meuchlers Dolch verspritzt,
Pflanzt eine Hand solch morsches Holzkreuz gleich;
In Busch und Schlucht so tausende besitzt
Dies Purpurland, wo nicht Gesetz das Leben schützt.

22. An Hügelhängen und im Thale stehn
Gebäude, wo sonst Kön'ge hielten Rast
Doch jetzt nur wilder Blumen Düfte wehn,
Ist auch der früh're Glanz nicht ganz verblaßt.
Und dort thürmt sich des Prinzen Prachtpalast:
Da schuf, Vathek! auch Englands reichster Sohn [3]
Dein Eden einst, als hätt'st du nicht gefaßt,
Daß wo zuhöchst des üpp'gen Reichthums Thron,
Der sanfte Fried' ist stets der Wolluft Reiz entflohn.

23. Hier wohntest du und plantest Lustgebild'
Auf dieses Berges ewig schöner Brau,
Doch jetzt, gleichwie von Menschenfluch verhüllt,
Steht einsam so wie du, dein Feenbau;
Kaum dringt der Fuß durch ries'gen Dornverhau
Zu öder Hallen gähnendem Portal:
Dies bringt dem Sinn die Lehr' auf's neu zur Schau,
Wie eitel jede Freud' im Erdenthal,
Die rauh die Fluth der Zeit wegschwemmt als Wrack zumal.

24. Schau an den Saal, der Feldherrn jüngst vereint,
Den Ort, wo Schaam ein brittisch Auge senkt;
Da sitzt gekrönt mit Narrenkapp' ein Feind [4]),
Ein Teufelchen, das stets auf Trug nur denkt,
In pergament'ner Robe und behängt
Mit Petschaft und mit schwarzem Schriftenbund;
Und alten Adels Nam' und Wappen mengt
Die stolze Signatur in dies' Urkund',
Auf die der Schalk hinweist und lacht aus Herzensgrund.

25. Convention der Kobold ist benannt,
Der in Marialvas Schloß die Ritter thört',
Ihr Hirn — wenn sie's gehabt — hat er entwandt
Und eines Volks Glücksrausch in Leid gekehrt;
Dummheit warf hier den Ehrenpreis zur Erd'
Und was das Schwert verlor stellt Schlauheit her:
Lorbeern sind unsern Feldherrn nicht bescheert!
Dem Sieger Weh, nicht dem Besiegten mehr,
Seit Hohn zerbrach in Portugal Triumphes Wehr!

26. Und stets, seit diese Kriegssynod' erstand,
Macht übel, Cintra! Albion dein Nam'
Und mancher Staatsmann knirscht, wenn der genannt,
Und würde gern, vermöcht' er's, roth vor Schaam.
Wie wird die Nachwelt schmähen dieses Dram'!
Ha! unser Volk und der Alliirten Schaar
Lacht, daß ein Feind besiegt im Kampf hier nahm
Durch List den Ruhm des Heers, das Sieger war,
Worauf Verachtung zeigt durch manches spät're Jahr.

27. So Harold meint', als auf den Bergen dort
Einsam er wanderte. Schön war dies Bild,
Dennoch gedacht' er bald zu ziehen fort,
Rastloser als die Schwalb' im Luftgefild,
Obwohl er hier gelernt, was Sitte gilt:
Denn manchmal schlug der Ernst an seine Brust
Und streng Vernunft auf seine Jugend schilt,
Daß er vergeudet sie in tollstem Wust;
Doch ward sein Auge trüb, als er sich deß bewußt.

28. Zu Pferd! Zu Pferd! Er flieht — auf immer flieht
Den Friedensort, der tröstend zu ihm spricht;
Der träumerischen Lann' er sich entzieht,
Doch sucht er Dirnen jetzt und Bowle nicht:
Fort eilt er, wenn auch ohn' ein Ziel in Sicht,
Wo ruhn er möcht' auf seinem Pilgergang;
Noch mancher Scenenwechsel ihn umflicht,
Eh Müh'n beschwicht'gen seinen Wanderdrang
Und Ruh' er oder weis' Erkenntniß sich errang.

29. Doch Mafra heischt noch eine kurze Rast,
Wo Portugals unsel'ge Kön'gin*) wohnt'
Und Kirch' und Hof einander eng umfaßt
Und Meß' und Tanz abwechselnd ward gefrohnt:
Höfling und Pfaff — an Laster ja gewohnt!
Die babylon'iche Hur' hat sich erbaut
Hier einen Dom, wo sie so prachtvoll thront,
Daß man vergißt das Blut, das ihr entthaut,
Und vor dem Pompe kniet, der schmückt die Sündenbraut.

30. In üpp'gen Thälern, auf wildschönen Höhn, —
O trüg' ein frei Geschlecht solch hohe Wacht! —
Die lusterfüllt das Auge nur kann sehn,
Jung Harold schweift durch mancher Stätte Pracht.
Wenn auch der Träge Narrheit schilt die Jagd
Und staunt, daß man den Lehnstuhl lassen kann,
Zu wandern mit Beschwer durch Tag und Nacht, —
O Lust und Leben facht die Bergluft an,
Wovon gedunf'ne Faulheit Kenntniß nie gewann!

31. Einförm'ger wird's, wenn dann das Hochland weicht
Und minder reich wird fläch'rer Thäler Kleid;
Endlos gedehnt, so weit das Auge reicht,
Der Himmel spannt sich über Ebnen breit:
Hispanien naht, wo Schäfer hüten weit
Die Heerden, deren Bließ dem Kaufmann werth.
Jetzt steht der Hirt für seine Schaf' in Streit,
Denn Spanien ist von rohem Feind verheert
Und Jeder kämpft, daß er dem Raub' und Drucke wehrt.

32. Wo Lusitania sich zur Schwester neigt,
Wißt ihr, welch Grenze die Rivalen trennt?
Ob eh die Herrscherinnen sich erreicht,
Der Tajo schwellt sein mächtig Element?
Ob finster dräun der Sierra Felsenwänd',
Ob Kunstwehr, wie sie China weit umspannt? —
Nicht Mauerschutz noch breites Stromgeländ,
Nicht grause Schlucht, noch schroffer Berge Land,
Wie es Hispanien scheidet von der Gallier Land!

33. Ein Silberbach nur mitten diesen fließt,
Fast namenlos, obwohl sein grüner Rain
Sich an zwei mächt'ge Königreiche schließt.
Hier lehnt der Schäfer träg am Stab und sein
Gesicht stiert in die Kräuselfluth hinein,
Die zwischen zwei Todfeinden friedlich zieht;
Des Bauern Stolz meint Fürsten gleich zu sein,
Der span'sche Knecht fühlt seinen Unterschied
Vom lusitan'schen Sklav, der Schlechten schlecht'stes Glied.

34. Doch eh man von der Grenz' entfernt sich weit,
Entrollt in dunkeln Wogen ihre Macht
Die Guadiana grollend schon und breit,
An alten Rundgesängen oft gedacht.
An ihren Ufern drängten einst zur Schlacht
Sich Mohr und Ritter blank im Panzerhemd;
Hier sank, wer flink — wer stark, in Todesnacht,
Der Heiden Turban, Christen Helmzier schwemmt'
Hinab der Blutstrom dicht, von Leichen hoch umdämmt.

35. O Spanien! Ruhmvoll und romantisch Land!
Wo ist die Fahne, die Pelajo⁶) schwenkt',
Als Cava's Vater rachvoll rief die Hand,
Die dein Gefild mit Gothenblut getränkt?
Wo sind die Banner, die zum Sieg gelenkt
Einst deine Söhn' entgegen Sturmgewalt
Und über's Meer die Horde rückgedrängt?
Roth schien das Kreuz, der Halbmond bleich entwallt'
Und Afrika der Mohrenmütter Schrei durchhallt.

36. Strotzt von der Ruhmesmär nicht jedes Lied?
Ach, dies ist ja des Helden höchster Lohn!
Wenn Stein verwittert und Erinn'rung flieht,
Klingt schwach von ihr im Volkslied noch ein Ton.
Neig' auf dein Feld dich, Stolz! vom Himmelsthron,
Sieh, wie das Mächt'ge bis zum Sang vergeht!
Erhält dich groß Schrift, Säule, Münze schon?
Mußt trau'n du dem, was schlicht aus Sagen weht,
Wenn Schmeicheln mit dir stirbt und dich die Chronik schmäht?

37. „Erwacht ihr Söhne Spaniens! Auf, zur Wehr"!
Ruft Ritterthum, eur' alte Schutzgottheit;
Zwar schwingt sie nicht wie sonst den durst'gen Speer,
Noch wallt im Wind ihr rother Helmbusch heut:
Auf feur'ger Bolzen Rauch fliegt sie zur Zeit
Und spricht durch der Geschütze Donnerklang;
In jedem Knall sie mahnt: „Wacht auf! Zum Streit"!
Sagt, ist ihr Ruf nun schwächer, als vorlang,
Da Andalusiens Küst' umscholl ihr Kriegsgesang?

38. Horch! Hört ihr nicht der Hufe Schreckgetrapp?
Klang auf der Haide nicht des Kampfes Schall?
Seht ihr nicht, wen der Säbel warf hinab,
Helft Brüdern nicht gen die Tyrannen all'
Und ihre Schergen? — Mörd'risch dröhnt der Knall
Der Salven auf den Höh'n — sein Rollen sagt
Von Fels zu Fels, welch Maß' er bringt zu Fall;
Der Tod einher auf Schwefeldünsten jagt,
Der rothe Schlachtgott stampft und Völker sich'n verzagt.

39. Sieh dort, wie auf dem Berg trotzt der Gigant,
Sein blutroth Haar im Sonnenglanz gewellt!
Der Mordball glüht in seiner feur'gen Hand,
Sein Auge Alles sengt, worauf es fällt;
Rastlos es rollt, jetzt starr, dann fernhin schnellt
Es Blitz', — an seinen Eisenfüßen reckt
Der Tod sich auf und mißt der Thaten Feld:
Denn dieser Tag drei mächt'ge Völker weckt,
Zu opfern ihm das Blut, das ihm so lieblich schmeckt.

40. Bei Gott! es ist ein Schauspiel zum Erfreu'n
Für den, der dort hat Freund und Bruder nicht:
Der Uniformen reiche Stickerei'n,
Der Waffen bunt Gemisch, das blitzt im Licht,
Welch gier'ge Meut' aus ihrem Lager bricht
Und knirscht die Zähn' und heult nach Beute schon!
Zur Jagd stehn ganz, beim Sieg sie minder dicht,
Das Grab nur trägt den ersten Preis davon
Und Mord kann zählen kaum vor Lust der Ernte Lohn.

41. Drei Heere drängen sich zur Opferweih',
Drei Zungen senden seltsam Flehn hinan,
Drei Fahnen spotten grell der Himmelsbläu',
Doch Frankreich, Spanien, England! schallt es dann.
Da kommt Feind, Opfer und der gute Mann,
Der ficht für All' und doch vergebens ficht,
Zum Rabenmahl in Talaveras Bann —
Als ob daheim sie könnten sterben nicht —
Zum Dung für's Feld, das Jeder als sein Erb' anspricht.

42. Da fault der Narrentroß der Ruhmbegier, —
Und Ehr' um ihres Grabes Rasen wallt?
O eitler Wahn! Sieh die Werkzeuge hier
Zerknickt, die Thrannei wirft tausendfalt
Fort, wenn gekittet ihren Pfad sie kalt
Mit Menschenblut — wofür? — für einen Schein!
Kann ein Despot beglücken mit Gewalt,
Ein größer Stückchen Erde nennen sein
Mit Recht, als das, drin er zerbröckelt Bein um Bein?

43. O Albuera, glorreich Feld voll Leid!
Wer konnt' ersehn, als Harold hingesprengt
Auf deiner Ebne, daß nach kurzer Zeit
Vom Schlachtgewühl du würdest blutgetränkt?
Ruh' den Gefall'nen! Ihnen sei geschenkt
Ein läng'rer Lohn in der Mitkämpfer Dank!
Bis And're fallen, die ein And'rer lenkt,
Läuft durch der Gaffer Reihn dein Nam' entlang
Und glänzt als Flitterstoff für flücht'ger Lieder Klang.

44. Genug von Kriegshero'n! Ihr Blutspiel läßt
Sie treiben, tauschen Ruhm für Leben ein:
Ruhm weckt sie schwerlich aus der Grabesraft,
Rafft tausend hin auch Eines Glorienschein.
Auf Dessen Ziel zu schmähn würd' Unrecht sein,
Der für sein Land gefallen als Soldat,
Dem lebend er nur Schmach mocht' angedeihn,
Vielleicht gefällt bei inn'rer Fehden Mahd,
Wohl gar in eng'rer Sphär', auf wildem Räuberpfad.

45. Kurz wendet Harold sich auf seiner Bahn,
Wo prangt Sevilla stolz und ungebeugt:
Noch ist es frei — doch gier'ge Räuber nahn!
Bald hat des Siegers Gluthschritt es erreicht,
Der schwärzend seine schönen Dom' umschleicht;
Umsonst ist's, kämpfen gegen Schicksalsdrohn,
Wo der Verheerung Hungerbrut sich zeigt,
Sonst stünden Tyrus noch und Ilion,
Die Tugend siegte stets und Mord wär längst entflohn.

46. Ohn' Ahnung von dem nahenden Gericht
Drängt sich hier Scherz, Gesang und Festgewühl,
Ein seltsam Treiben kürzt der Stunden Schicht, —
Des Landes Weh läßt diese Bürger kühl
Und statt Drommeten klingt hier Zitherspiel;
Noch jetzt das Volk nach Mummenschanz verlangt
Und Wollust sucht auf nächt'ger Rund' ihr Ziel,
Großstädtisch Laster und Verbrechen rauft
Sich bis zuletzt an Mauern, deren Grund schon wankt.

47. Nicht so der Landmann: mit der bangen Frau
Lauscht er und trübe sich sein Auge senkt,
Daß er sein wüstes Rebenland nicht schau',
Vom glüh'nden Hauch des Krieges braun gesengt;
Zum muntern Klang der Kastagnetten schwenkt
Fandango sich beim Abendstern nicht mehr.
Wär Herrschern kund die Lust, die sie verdrängt,
Sie zehrten sich nicht auf in Ruhmbegehr,
Die rauhe Trommel schwieg', der Mensch noch glücklich wär!

48. Was singt der derbe Maulthiertreiber jetzt?
Tönt von Romantik, Lieb', Andacht sein Sang,
Womit er sonst sich stundenlang ergötzt
Beim muntern Schellgeläut auf seinem Gang?
Nein! mit Viva el Rey! eilt er entlang
Und dämpft den Ton, Godoy zu fluchen dann
Und Hahnrei Karl, so wie dem Tag, der zwang
Zuerst die Kön'gin in des Buben Bann,
Wo blut'gen Hochverrath ihr Ehebruch entspann.

49. Auf dieser Ebne, fern umkrönt im Rund
Von Höhn mit Thürmen aus der Mohrenzeit,
Weist manche Hufspur der zerrissne Grund
Und sagt des Rasens brandgeschwärztes Kleid,
Daß Andalusiens Gast als Feind gedräut.
Hier stand sein Heer beim Lagerfeuer fest,
Dort zeigt der Bauer mit Ruhmredigkeit,
Wo kühn gestürmt er zu des Drachen Nest
Und jene Höhn bald siegend, bald besiegt umpreßt.

50. Und Jedermann, an dem vorbei ihr trabt,
Am Hut trägt die Kokard' in Karmesin,
Die heischt, wen ihr zu schen'n, zu grüßen habt;
Weh ihm! der mit dem Zeichen nicht beliehn
Von Treusinn, wenn er öffentlich erschien:
Scharf ist das Messer, blitzschnell trifft der Stoß,
Und Furcht würd' in des Franken Herz einziehn',
Vermöchten spitze Dolch' im Mantelschooß
Zu machen Säbel und Kanonen wirkungslos.

51. Auf jedem Vorsprung von Morenas Höhn
Die Batterie mit ehrner Wucht sich stemmt;
Und rings, so weit des Menschen Blick kann sehn,
Die Berghaubitze, die Chaussee verdämmt,
Das borst'ge Pfahlwerk, Gräben vollgeschwemmt,
Die Postentrupps, die nimmermüde Wacht,
Das Magazin in Felsen eingeklemmt,
Das Roß gezäumt im Schuppen strohbedacht,
Die Kugelpyramid', die Lunte stets entfacht:

52. Dies kündet, was sich naht. Doch er, deß Blick [7]
Schon schwächern Zwingherrn raubte die Gewalt,
Hält momentan die Geißel noch zurück
Und will verziehn noch einen kurzen Halt;
Dann aber bricht sein Heer sich Bahn hier bald,
Den Westen beugt der Züchtiger der Welt:
Dein Zahltag, Spanien! naht in Schreckgestalt,
Wenn Galliens Geier seine Flügel schwellt
Und deine Söhne schaarenweis zum Hades schnellt.

53. Und mußten sie so jung und brav hinab,
Daß ein Despot aufblöht zum Ueberschwall?
Giebt's keine Wahl als Knechtschaft oder Grab,
Als Willkühr stützen oder Spaniens Fall?
Soll Macht, der stets die Menschheit fröhnt, ohn' all
Erbarmen schalten über Gut und Blut?
Ist denn der Weisen Rath ein leerer Schall,
Umsonst Tollkühnheit, patriot'scher Muth,
Kriegskunst, ein Mannesherz von Stahl und Jugendgluth?

54. Hat darum ihre Zither Spaniens Maid
Entsaitet an die Weide jach gehängt
Und — ganz entweibt — dem Schwerte sich geweiht
Und mit Schlachtliedern in den Kampf gemengt?
Sie, die sonst eine Schramm' in Ohnmacht senkt',
Ein Eulenruf erschreckt, sieht jetzt vom Schnitt
Des Bajonetts und Säbels mähn gedrängt
Kolonnen hin und steigt im Pallasschritt
Ob warme Leichen fort, wo Mars fast zagend tritt.

55. Wenn ihr, die staunend hört, wie sie gekämpft,
Im Frieden sie gekannt, in's Augenpaar
Geschaut ihr, das des Schleiers Kohlschwarz dämpft,
Gehört ihr muntres Scherzen im Boudoir,
Gesehn, was Keiner malt, ihr lockig Haar,
Den Elfenwuchs, den seltne Grazie ziert, —
Ihr glaubtet kaum, daß Saragossas Schaar
Sie lächeln sah, wo Gorgo's Antlitz stiert
Und die erstarrt, die sie zur grausen Ruhmhatz führt.

56. Ihr Bräut'gam sinkt — sie weint unzeitig nicht,
Ihr Hauptmann fällt — sie füllt die heikle Lück',
Ihr Häuflein weicht — sie zwingt es vor zur Pflicht,
Der Feind entflieht — sie packt ihn am Genick:
Wer sühnt wie sie des Liebsten Sterbeblick?
Wer rächt so glänzend seines Führers Fall?
Welch Mädchen giebt so Männern Muth zurück?
Wer hetzt so wild der fliehnden Franken Schwall,
Durch Frauenhand verjagt von dem zerschoss'nen Wall?

57. Doch Amazonen nicht sind Spaniens Fraun
Vielmehr zu süßem Liebeswerk geschickt,
Obwohl gleich seinen Söhnen ohne Graun
Bewehrt sie in die Schlachtphalanx gerückt;
Des Täubchens schwacher Grimm ist's nur, das pickt
Die Hand, die sich nach ihrem Männchen beugt.
Sanftmuth wie Starksinn sie weit reicher schmückt
Als jene Fraun, die Schwätzerruhm erreicht, —
Ihr Geist ist edler doch, gleich groß ihr Reiz vielleicht.

58. Das Grübchen, das ihr zart in's Kinn getüpst
Der Finger Amors, zeigt ihr mild Gemüth,
Die Lipp' auf der der Kuß vom Nest sich lüpst,
Heischt Muth vom Mann, eh sie für ihn erglüht;
Ihr Blick ist wildschön! und wie auch gemüht
Sich Phöbus, daß er ihre Wang' entstellt,
Von seinem Gluthhauch schöner nur sie blüht:
Wen lockt des Nordens bläss're Frauenwelt?
Wie arm erscheint ihr Bild, wie matt und schwach erhellt!

2

59. Zeigt, Zonen! die der Dichter rühmt zumeist,
Zeigt, Harems hier im Land*)! wo weit getrennt
Mein Sang ertönt, daß er Schönheiten preist,
Die auch ein Cyniker selbst anerkennt, —
Zeigt mir die Houri, der ihr kaum vergönnt
Die Lust, weil Liebe wehen möcht' im Wind,
Die Spaniens Brünett' ihr gleichen könnt:
Gesteht, daß dort Mohameds Himmelsgründ'
Und seine schwarzgeaugten Mädchenengel sind!

60. O du Parnaß! den jetzt ich überschau',
Nicht mit des Träumers Aug' als Luftgebild,
Nicht in der Dichtung sagenhaftem Grau,
Nein in der Wirklichkeit, von Schnee umhüllt
In Hochgebirgspracht, majestätisch wild!
Was Wunder, daß ich da erprobt den Sang?
Auch des geringsten Pilgers Brust erschwillt
Dir nah' zu wecken deiner Echo's Klang,
Ob keine Mus' auch mehr sich schwingt von deinem Hang.

61. Im Traum klang oft mir dein glorreicher Nam'!
Wer ihn nicht kennt des Göttlichsten entbehrt;
Und nun ich selbst dich schau, faßt ach! mich Schaam,
Daß ich in schwächsten Lauten dich verehrt.
Denk' Aller ich, die einst Dir angehört,
Erzittr' ich und kann beugen bloß die Knie'n,
Nicht heben meine Stirn, in mich gekehrt
Nur unter deinem Wolkenbaldachin
Mich freu'n, daß wenigstens dein Anblick mir verliehn.

62. Soll ich vor Meistersängern so beglückt,
Die stät ihr Loos an ferne Schollen band —
Nicht schaun auf diese heil'ge Stätt' entzückt,
Die selbst begeistert den, der nie hier stand?
Wenn auch Apoll sich seiner Grott' entwandt,
Zum Grab der Musen ward ihr einst'ger Sitz,
Blieb doch ein holder Geist da festgebannt,
Seufzt im Windhauch, lauscht stumm im Felsenritz
Und sprüht auf dem melod'schen Quell in flücht'gem Blitz.

63. Von dir nachher. — Ich brach in meinem Sang
Selbst mitten ab, dir Huld'gung hier zu weihn,
Vergaß Land, Söhne, Töchter Spaniens lang,
Sein Loos, so theuer jeder Brust der Frei'n,
Und grüßte dich — wohl nicht von Thränen rein.
Nun an mein Werk — doch deinem heil'gen Raum
Laß mich ein Angedenken noch entleihn,
Ein Blatt von Daphnes immergrünem Baum, —
Und deines Jüngers Wunsch laß nicht verwehn zu Schaum!

64. Doch sahst du, Lichtberg! als noch Hellas jung,
Nie schön're Chör' an deinem Riesenfuß,
Noch Delphi schaut', als Pythias Hymnenschwung
Entquoll der Priestrin wie ein Lavafluß,
Je eine Schaar, die Liebessangs Erguß
Mehr angeregt, als Andalusiens Frau'n,
Gesäugt im glüh'nden Schoos vom Sinngenuß:
Ach, daß sie nicht solch' Friedenshain' umbaun
Wie Hellas beut, mag dies' auch Ruhm nicht mehr bethaun!

65. Schön ist Sevilla! Preis' es denn sein Land
Als stark und reich, als Hort von alter Pracht,
Doch Cadix, das aufsteigt am fernen Strand,
Ein wärm'res, wenn auch schmählich Lob entfacht.
Welch' üpp'ge Weg' hast, Laster, du erdacht!
Wer kann, so lange Jünglingsblut noch wallt,
Entrinnen deines Zauberbannes Macht?
Als Cherub-Hydra hältst du uns umkrallt
Und formst nach dem Gelüst je deine Truggestalt.

66. Als Paphos einst erlag der Zeit — Fluch ihr,
Der weichen mußt' auch die Weltkönigin! —
Da suchten sich die Lüst' ein gleich Revier
Und Venus, treu doch der Gebärerin⁹),
Wenn Keinem sonst, zog hieher und schloß in
Die weißen Mauern bleibend ihren Schrein;
Doch mahnt da nicht nur eine Tempelzinn',
An ihren Kult, o nein! zu Tausend weihn
Sich ihm Altär' und nie erlischt ihr Flammenschein.

67. Von früh bis spät, von Nacht zum Morgenglanz,
Der auf dies Lustgetümmel blickt voll Scheu,
Singt man zur Zither, trägt den Rosenkranz;
Leichtfert'ge Spiel' und Schwänke immer neu
Sich lösen ab. Wer hier verweilt, der sei
Gefaßt, daß reine Freud' er wenig spürt:
Nichts wehrt der Sünd', auch nicht die Klerisei,
Die Weihrauch nur statt wahrer Inbrunst schürt,
Und Lieb' im Bund mit Andacht wechselnd hier regiert.

68. Der Sabbath kommt, der heil'ge Ruhetag:
Wie feiert nun dies christlich Volk ihn gut?
Seht, welch ein würdig Fest ihn weihen mag!
Horch! Hört ihr nicht des Waldbeherrschers Wuth?
Den Speer zerbrechend schnaubt er nach dem Blut
Von Mann und Roß, die wirft sein Horn beiseit;
Der Kampfraum bebt vom Beifall, der nicht ruht,
So lange raucht noch frisches Eingeweid', —
Auch Fraun bezeigen kein, selbst nicht erheuchelt Leid.

69. Der siebente, des Menschen Jubeltag,
Steht London! dir als Tag des Herrn wohl an:
Da schluckt mal Luft allwöchentlich gemach
In Putz der Krämer, Lehrling, Handwerksmann;
Miethkutsche, Whisky, Gig und Stuhlgespann
Durch dein Vorstadtgewirr zum Landgenuß
Nach Hampstead, Brentford, Harrow rasselt dann,
Bis matt der Gaul den Radschwung hemmen muß
Und neid'schen Spott erweckt bei jedem Lump zu Fuß.

70. Der lahnt die Schön' im Staat die Themse quer,
Den sich'rern Landpfad Jener eilt entlang,
Der steigt zur Richmondhöh', der wallt nach Ware
Und Viele zieht's nach Highgates steilem Hang.
Fragt ihr, Böotiens Schatten! nach dem Drang?
Dem würd'gen Dienst des Trinkhorns fröhnen sie,
Das bei dem heil'gen Fest ist rings im Schwang;
Dem Götzen schwören Fraun und Männer hie
Und weihn den Eid mit Trunk und Tanz bis Morgens früh.

71. Thorheiten überall — doch nicht wie dein',
O schönes Cadix am tiefblauen Meer!
Sobald die Frühmettglocke kündet Neun,
Dein frommes Volk den Rosenkranz zählt her,
Um Ablaß wird bestürmt die Jungfrau sehr —
Ich glaub' es ist die einz'ge Jungfrau hier —
Von Sünden, zahllos wie dein Beterheer;
Dann stürmen sie gedrängt zur Circusthür,
Jung, alt, hoch, niedrig eint die gleiche Schaubegier.

72. Die Schrank' ist offen, die Aren' entleert,
Von Tausenden die Stufenbühn' umreiht;
Lang eh den ersten Trombastoß man hört,
Kein leerer Sitz dem Säum'gen mehr sich beut:
Dons, Granden sieht man, doch mehr Fraun beiweit,
Im Augenspiel geübt, das Wunden nagt, —
Doch immer auch zu heilen gern bereit
Ihr Sprödsinn in den Tod Niemanden jagt
Mit Amors Pfeil, wie manch mondsücht'ger Barbe klagt.

73. Geschwätz verstummt — mit leichtgesenktem Speer,
Milchweißem Federbusch und goldnem Spor
Vier Kavaliere reiten auf ein schwer
Geschäft bis an die Schranke grüßend vor;
Ihr Kleid ist reich, ihr Roß bäumt stolz empor:
Wenn sie vom grausen Spiel heut siegreich ziehn
Wird Beifall laut, hold winkt der Damen Flor,
Als bester Preis für beß're That verliehn
Und Alles, was Feldherr'n und Kön'gen lohnt ihr Mühn.

74. Im Centrum weilt der schmeid'ge Matador
Doch nur zu Fuß in prächtig bunter Tracht
Und sehnt sich, daß zum Angriff brech' hervor
Der Herr der brüll'nden Heerden; doch bedacht
Hat er der Fläch' erst sicher sich gemacht,
Daß seine Schnelligkeit kein Hemmniß stört.
Von hinterrücks nur ficht er, denn die Jagd
Gelingt sonst nimmer ohn' ein treues Pferd,
Das oft für seinen Reiter stirbt auf blut'gem Heerd.

75. Dreimal die Zink' erschallt! Da fällt das Loos,
Auf springt der Zwinger und vor Schaubegier
Todtstill schweigt rings die Meng' im Circusschoos;
Mit einem Satz springt vor das mächt'ge Thier
Und stampft mit kräft'gem Huf, wildblickend stier,
Den Sand, — doch auf den Feind er blind nicht dringt,
Hier, dort hin reckt die droh'nde Stirn er für
Den ersten Stoß, weit hin und her sich schwingt
Sein zorn'ger Schweif, sein Aug' erweitert gluthroth blinkt.

76. Jetzt stutzt er, fest sein Auge blickt: Zurück,
Sorgloser Bursch', halt deinen Speer bereit!
Zu sterben oder wehren mit Geschick
Im tollen Lauf ihn ab ist's an der Zeit;
Noch früh genug springt rasch das Roß beiseit,
Fort rast der Stier, indeß nicht unversehrt,
Ein Blutstrom stürzt aus seiner Flanke breit;
Er flieht im Kreis, vom Wundschmerz sinnbethört,
Zerfetzt von Stoß und Stich man laut ihn brüllen hört.

77. Er kommt zurück: Speer hilft und Klinge nicht,
Noch wilder Sprung vom hartgespornten Pferd,
Ob auch der Mann mit trutz'ger Waffe ficht,
So wenig sie, als Kraft ihm Schutz gewährt;
Ein wackres Roß durchbohrt liegt an der Erd',
Ein andres — graß zu seh'n! — ist aufgeschlitzt
Tief bis an's Herz, deß Blutquell zuckend gährt,
Todwund sein schwacher Leib doch fest sich stützt
Und wankend schon es seinen Herrn noch treulich schützt.

78. Wirr, blutig, keuchend, wuthvoll endlich ruht
Der Stier aufrecht im Centrum, wundbedeckt
Von Waffensplittern, in der Feinde Blut,
Die das Gemetzel wehrlos hingestreckt.
Und nun der Matadore Spiel ihn neckt
Mit rothem Tuch, das Schwert bereit zur Hand;
Noch einmal sie sein Ansturm donnernd schreckt, —
Vergebne Wuth! — das Tuch umflort gewandt
Sein wildes Aug' — aus ist's — hinstürzt er auf den Sand.

79. Just wo der breite Hals an's Rückgrath reicht,
Drang bis zum Heft die Todeswaff' hinein;
Er stockt — streckt sich — und stolz noch ungebeugt
Knickt er allmählig unter Siegesschrein
Ohn' all' Geſtöhn und Zucken ſterbend ein.
Der bunte Karr'n erſcheint — darauf gehäuft,
Der Leichnam wird — nur Pöbel zum Erfreun! —
Ein ſchäumend Viergeſpann ſcheu rennend ſchleift
So raſch den Klumpen fort, daß kaum der Blick ihn ſtreift.

80. Dies iſt das rohe Spiel, das oft anzieht
Die ſpan'ſche Maid, den ſpan'ſchen Burſchen freut:
Von früh an Blut gewöhnt, ihr Herz erglüht
Zur Rachſucht und bleibt kalt bei Andrer Leid.
Wie wird durch Zwiſt des Dorfes Fried' entweiht!
Statt euch geſchaart zu ſtürzen auf den Feind,
Sind ach! genug zu Hauſe bloß bereit,
Zu treffen mit verborg'nem Stoß den Freund
Ob leichter Schmach, die dann nur warmes Herzblut reint.

81. Doch Eiferſucht entfloh: ihr Gitterſchutz,
Sammt weller Schildwach, der Duennas Preis!
Und All' was muth'gen Sinn erfüllt mit Trutz,
Den einzukerkern glaubt' ein harter Greis,
Sind nun begraben in der Zeiten Gleis.
Wen ſah man frei wie Spaniens Mädchen ziehn, —
Bevor der Krieg ausbrach vulkaniſch heiß —
Mit reichen Flechten hüpfend froh im Grün,
Wenn zum Rundtanz der Nacht verliebte Kön'gin ſchien?

82. Auch Harold hatte Lieb', ach oft! gehegt,
Vielleicht erträumt, denn Lieb' iſt Traumes Tand;
Doch jetzt ſein launiſch Herz blieb unerregt,
Da Lethe's Fluth aus ihm noch nichts verbannt.
Und erſt unlängſt hatt' er als wahr erkannt,
Daß Flügel ſind der Liebe beſtes Stück;
Wie ſchön, wie jung, wie ſanft ſie uns umwand,
Träuft doch aus ihrem Schoos im höchſten Glück
Ein Wermuthgift und läßt die Blumen welk zurück.

83. Nicht blind für Formenschöne schaut er sie
Doch jetzt nur an, wie sie der Weise sieht;
Nicht als ob je geneigt Philosophie
Den keusch ehrwürd'gen Blick auf solch Gemüth,
Doch rast sich Liebe selbst aus, oder flieht,
Und Wollust, die ihr Grab sich wühlt allein,
Begrub sein Hoffen längst, das nie mehr blüht;
Von Sünd' entnervt schrieb lebenssatte Pein
Auf seine welke Stirn den grausen Fluch des Kain.

84. Zuschauend blieb er fern doch dem Gedrang,
Ward Menschenhaß auch nicht an ihm erblickt,
Gern mischt' er wohl sich hier in Tanz und Sang,
Doch wer mag lächeln, wenn ihn Gram bedrückt?
Nichts was er sah, der Schwermuth ihn entrückt',
Einmal nur kämpft' er gen des Dämons Macht,
Und als er sinnend saß im Saal, entzückt
Von Reiz, dem gleich, der glücklich ihn gemacht
In schön'rer Zeit, erstand dies Lied unvorbedacht:

An Ines.

Nein, lächle nicht in meinen Ernst,
Ach, wieder lächeln ich nicht kann;
Gott geb', daß du nie weinen lernst,
Vielleicht umsonst gar weinest dann:

Und frägst du, welch geheime Plag'
Es ist, die Freud' und Jugend bleicht?
Und spähst du meinem Kummer nach,
Der selbst nicht deinem Zuspruch weicht?

Es ist nicht Lieb', es ist nicht Haß,
Verletzte Ehrsucht nicht, was jetzt
Mich bitter quält ohn' Unterlaß
Und fliehn heißt, was mich sonst ergötzt.

Es ist der Ueberdruß, der trübt
Mir Alles, was ich seh' und hör';
Schönheit mir kein Vergnügen giebt,
Kaum reizt dein Auge selbst mich mehr.

Es ist das stetig rege Graun,
Das Juda's ew'gen Wand'rer traf,
Das nicht jenseits der Gruft mag schaun,
Noch diesseits hoffen darf auf Schlaf.

Wer kann verbannt sich selbst entfliehn?
Zur Fern', ob weit, weit fort ich drang,
Stet, stet folgt mir, wo ich mag ziehn,
Des Lebens Fluch — Dämon Gedank'!

Es schwelgen Andre doch beglückt,
Und schlürfen, was vertrieben mich;
O daß sie träumen fort entzückt,
Doch nie erwachen so wie ich!

Fort muß durch Land' ich kalt und heiß
Mit manchem Rückblick voller Schand'
Und all mein Trost ist, daß ich weiß:
Wie's kommt, das Aergst' ich schon bestand.

Was dieses ist? — Nein wiss' es nie,
Aus Mitleid laß dein Forschen ja!
Fort lächl' — und nicht den Schleier zieh
Von Mannes Herz — die Höll' ist da!

85. Leb' wohl, hold Cadix! Ach für lang wird's sein!
Wer wohl vergißt, wie du getrotzt so gut?
Als Alle wankten, bliebst du treu allein,
Die erste frei, die letzt' in Feindes Hut;
Und wenn in deinen Straßen Bürgerblut
Auch floß in wilder Aufruhrsfehde dicht,
Fiel ein Verräther [10] nur gerechter Wuth.
Adlich stritt Jeder, nur der Adel nicht,
Niemand, als feige Ritterschaft in's Joch sich flicht.

86. So Spaniens Söhne sind, seltsam zugleich!
Für Freiheit fechten sie, die selbst nie frei,
Ein hauptlos Volk für ein entnervtes Reich:
Sein Häuptling flieht, doch der Vasall kämpft treu
Dem ärgsten Sklaven der Verrätherei;
Glüh'nd für ein Land, das ihm gab Leben blos,
Zeigt Stolz ihm, wo der Pfad zur Freiheit sei;
Verdrängt vom Feld, verhöhnt im Rathesschoos,
Krieg, Krieg ist noch sein Schrei: „Krieg selbst auf Messerstoß!"

87. Wer mehr gern wüßt' um Spaniens Leut' und Land,
Der lese nach, wie oft es Blut befleckt;
Was Rachgier gegen fremden Feind erfand,
Dem Menschenleben rasch ein Ziel da steckt:
Vom Schwert bis zum verborgnen Messer schreckt
Hier Krieg mit jeder Waffe, wie er kann:
Sei Weib und Schwester so denn schutzgedeckt,
Mag so verbluten jeglicher Tyrann
Und so verfehmt sein solch ein Feind in blut'gen Bann!

88. Fließt Mitleids Thräne um die Todten dort?
Blick' auf des dampfenden Gefildes Graus,
Blick' auf die Hände, roth von Frauenmord!
Laßt die Erschlagnen für der Hunde Strauß,
Laßt jeden Leichnam für der Geier Schmaus!
Obwohl's Raubvögel als zu schlecht verschmähn,
Laßt ihr Gebein, ihr Blut, das nichts tilgt aus,
Als Mal des Schlachtfelds lang noch scheußlich sehn, —
Nur so wird unsern Söhnen klar, was hier geschehn.

89. Und noch ist ach! das Fluchwerk nicht gethan,
Heer strömt auf Heer frisch von den Pyrenä'n;
Es nachtet noch, das Werk fing kaum erst an,
Kein Auge kann sein fernes End' ersehn.
Auf Spanien blickt die Welt; wird's frei, aufstehn
Mehr als Pizarro's Blutdurst einst erdrückt:
Seltsam Gericht! Columbia's Siegsgetön
Heilt jetzt das Weh, das Quito's Söhn' umstrickt',
Indeß Mord ungehemmt das Mutterland durchzückt.

90. Nicht all das Blut auf Talavera's Feld,
Nicht all die Wunder in Baroffa's Schlacht,
Nicht Albuera's Leichen hochgeschwellt,
Errangen Spaniens Recht, so wohl bewacht.
Wann wird sein Oelzweig frei vom Reif der Nacht?
Wann wird es athmen auf von Glutharbeit?
Wie mancher Tag voll Angst wird noch verbracht,
Eh' Galliens Räuber läßt von seiner Beut'
Und heimisch hier der Freiheit fremder Baum gedeiht!

91. Und du mein Freund[11])! — da unnütz Weh einmal
Mein Herz durchbricht und in dies Lied sich mengt —
Wenn mitt' in Tapfern dich gefällt der Stahl,
Wär' Freundschaftsklage wohl vom Stolz verdrängt;
Doch so des Lorbeers bar dem Ziel entlenkt,
Nicht weiter als im engsten Kreis erwähnt,
Und wundenlos bei Helden eingesenkt,
Wo Ruhm doch manch geringern Helm umkrönt —
Warum wardst du so still zum Schlummer hingelehnt!

92. Du, den ich kannt' am frühsten, schätzt' am meist,
Mir lieb noch, als nichts Liebes mehr blieb mein,
Ob meinen trüben Tagen fern du seist,
Magst du entrückt nicht meinen Träumen sein!
Und Morgenstille wird die Thrän' erneun,
Wenn zum Bewußtsein auferwacht mein Gram,
Und dein unblutig Grab mein Sang soll weihn.
Bis auch mein Leib rückkehrt, von wo er kam
Und der Beklagt' und Klagende still ruhn beisamm.

93. Hier schließt ein Theil von Harold's Pilgerfahrt:
Ihr, die ihr weiter von ihm hören mögt,
Wohl Manches noch aus späterm Blatt erfahrt,
Wenn er noch mehr zu reimen aufgelegt.
Ist dies zu viel? — Kritik, nicht streng gewägt!
Geduld! und ihr sollt hören, was erblickt
Er dort, wohin sein Schicksal ihn verschlägt.
In Landen, die manch uralt Denkmal schmückt',
Eh' Hellas — Hellas' Kunst Barbarenhand zerstückt.

Zweiter Gesang.

1. Komm, blaugeaugte Himmelsmaid! — Doch ach!
Du schürtest nie der Sterblichen Gesang,
Göttin der Weisheit! Hier dein Tempeldach
Stand und steht noch trotz Krieg und Feuersdrang
Und Zeit, die deinen Kult zerstört schon lang;
Doch mehr als Eisen, Brand und Säkulnfluth
Stürzt' um der Willkürherrschaft Druck und Zwang
Von Menschen, die entbehrt der heilgen Gluth,
Wodurch du mit den Deinen adelst hohen Muth.

2. Wo ist. uralt erhabenes Athen!
Wo deiner Helden, deiner Weisen Schaar?
Dahin, nur bleich als Traumbild noch zu sehn!
Voran im Lauf, wo Ruhm das Ziel bot dar,
Sie siegten — schwanden dann: — dies Alles war?
Ein Schulschwatz, einer Stunde Wundermär!
Des Kriegers Schwert, des Weltweisen Talar
Sucht ihr umsonst; um Thürme, morsch und sehr
Geschwärzt, der Schatten einst'ger Macht grau flattert her.

3. Komm, tritt heran hier, du des Lichtes Sohn!
Doch laß die Urn' in Ruh, die dorten steht:
Sieh da die Grabstätt' einer Nation,
Wohnsitz von Göttern, deren Glanz verweht!
Selbst Götter flohn, der Glaube wechselt stet, —
Erst Zeus, nun Mahom — andrer Zeit gefällt
Ein andrer Kultus, bis der Mensch lernt spät,
Daß sein Weihrauch und Opfer eitel quellt
Und er ein elend Kind, deß Heil auf Rohr gestellt.

4. Gebannt an Erd' er sich zum Himmel kehrt —
Ist's nicht genug, Unsel'ger! daß du weißt
Du bist? Ist diese Gabe denn so werth,
Daß noch einmal zu leben wünscht dein Geist,
Weiß er und sorgt auch nicht, wohin er reist,
Wenn nur von Erden fort zu Himmelshöhn?
Und dennoch lockt dich, was ein Traum verheißt!
Wäg' ab den Staub hier, eh er mag verwehn,
Mehr sagt die kleine Urn', als alles Wortgetön.

5. Nun dring' in Ajas' Grab, das hoch dort ragt,
Wo fern er schläft auf ödem Strand im Meer;
Er fiel — manch fallend Volk hat ihn beklagt,
Doch weint von Tausenden jetzt keiner mehr,
Noch hält ein Kriegsmann Wacht hier, wo einst hehr
Halbgötter standen, wie die Sag' erzählt.
Bring' einen Schädel dort vom Haufen her:
Ist das ein Tempel, den ein Gott sich wählt,
Wo selbst dem Wurm zuletzt die Lust zu hausen fehlt?

6. Sieh wie die Wölbung brach, Wand und Portal
Zerbarst, der Bau nur leere Räum' umfaßt!
Ja dies war einst der Ehrsucht luftger Saal,
Des Geistes Dom, der Seele Wohnpalast;
Schau in die Augenhöhle sonder Glast,
Sonst heitrer Sitz von Weisheit und Verstand,
Der Liebe Thron, der jeder Zwang verhaßt.
Kann je der Priester und der Weisen Hand
Dies' öde Burg bevölkern, neu bebaun dies Land?

7. Wohl sprachst du wahr, Athena's klügster Sohn[1])!
„All unser Wissen ist: Nichts wissen wir."
Warum das scheun, dem Keiner noch entflohn?
Sein Leid hat Jeder, nur am Schwächling hier
Nagt eigner Hirngespinnste Qual mit Gier.
Trag still des Zufalls, des Geschickes Last,
Am Rand des Acheron winkt Frieden dir;
Kein Zwangsgelag quält da den satten Gast,
Nur Schweigen macht das Bett für stets willkommne Rast.

8. Doch wenn nun — wie die Frömmsten meinen — wär
Ein Seelenreich ob diesem Wüstensand,
Das der Sophisten und der Sadducä'r
Irrlehr' und ihre Zweifel macht zu schand,
Wie schön wär es, zu beten im Verband,
Mit denen, die erleichtert uns die Erd',
Und Stimmen hören, die für je entwandt
Beseufzt wir, all' die Weisen schaun verklärt,
Die Wahrheit wie der Perser, der Samiot gelehrt ²ᵃ).

9. Auch du, deß Lieb' und Sein zugleich verloht ²ᵇ),
So daß mich Lieb' und Leben kalt umwehn,
Mein andres Selbst! darf ich dich glauben todt,
Wenn dein Gedächtniß nie mir mag vergehn?
Ja, hoffen will ich auf dein Wiedersehn,
In öder Brust dies Traumbild pflegen heiß;
Läßt frisch Erinnrung etwas noch bestehn,
Sei dann wie's mag des Künftigen Geheiß:
Mir wär's genug, daß deinen Geist ich glücklich weiß!

10. Hier laßt mich ruhn auf diesem mass'gen Stein,
Der Marmorsäule Fuß, versehrt noch nicht;
Hier, Sohn Saturns! dein Lieblingsthron allein —
Der größte aller — stand: Da kommt zur Sicht
Mir deiner Wohnstatt einst'ge Pracht so licht!
Doch ist's unmöglich: selbst nicht Phantasie
Stellt her, was Zeit gelegt in Trümmerschicht.
Jetzt weckt der Prachtbau flücht'ge Seufzer nie,
Kalt sitzt der Türk, leichtsinnig hüpft der Grieche hie.

11. Doch wer von jenes Tempels Plündrern all —
Den zornvoll Pallas zögernd nur verließ
Als ihrer alten Herrschaft letzten Wall —
Noch jüngst als ärgster, dümmster sich erwies?
Schottland erröthe, denn dein Sohn war dies *)!
England, mich freut, daß nicht dein Kind war er!
Dein frei Geschlecht sollt' hüten, was frei hieß,
Und doch ließ schänden hier es die Altär'
Und sie verschleppen über's lang empörte Meer.

12. Der neure Picte brach und stahl gemein,
Was schonten Gothe, Türk' und Zeit sogar;
Kalt wie an seinem Strand das Felsgestein,
Gleich leer von Hirn, gleich hart von Herz er war,
Deß Kopf erdacht, deß Hand vollführt schandbar
Den Raub an der Athene Rudera:
Den Söhnen, allzuschwach den Hochaltar
Zu schützen, ging der Mutter Schmerz doch nah,
Sie fühlten der Despotenkette Druck erst da.

13. Wie! mag ein Britenmund wohl sagen je:
Albion ward glücklich durch Athena's Gram?
That auch auf dein Geheiß ein Sklav ihr weh,
Rühm' dich der That Europa nicht zur Schaam.
Die Meereslön'gin, frei Britannien, nahm
Die letzte karge Beut' aus wundem Land;
Sie, die durch Großmuth doch zu Ehren kam,
Brach diese Reste mit Harpyenhand,
Die nicht die neid'sche Zeit, Tirannen nicht entwandt.

14. Wo, Pallas! war dein Schild, das graus gebot
Des grimmen Alarich Verwüstung Halt?
Wo Peleus' Sohn⁴), den hielt nicht Höll' und Tod,
Als an dem Unheilstag sein Geist entwallt
Vom Hades auf zum Licht in Schreckgestalt?
Warum entließ Pluto den Held nicht mehr,
Zu wehren der erneuten Raubgewalt?
Am styg'schen Strand zog müssig er einher,
Nicht wahrend jetzt den Bau, den treu beschützt er eh'r.

15. Kalt ist das Herz, das Hellas! auf dich blickt
Nicht, wie die Lieb' an theurer Gruft, gerührt,
Das Aug' ist schaal, das thränenlos zerstückt
Sieht deine Burg und dein' Altär' entführt
Von Brittenhand, der Schutz zumeist gebührt
Für diese Reste, unersetzbar jetzt;
Der Stunde Fluch, die sie vom Heim geführt,
Die nochmals deine wunde Brust zersetzt
Und deine Götter nackt zum kalten Nord versetzt!

16. Doch wo ist Harold? Säumt' ich denn zu ziehn
Fort mit dem düstern Pilger über's Meer?
Ihn kümmert wenig all' der Menschen Mühn,
Auch stöhnt kein Liebchen jetzt aus Scheinweh schwer,
Kein Freund reicht ihm die Hand zum Abschied her,
Eh' kalt der Fremdling zog nach anderm Strand;
Hart ist das Herz, das Reiz nicht fesselt mehr,
Und Harold, der wie früher nicht empfand,
Verließ schmerzlos das krieg- und schuldbelad'ne Land⁵).

17. Wer schon durchschifft die dunkelblaue See
Sah prächt'ge Scenen, dünkt mich, wohl genug;
Wenn frische Bris' ist günstig wie nur je,
Schmuck die Fregatt' enthüllt ihr weißes Tuch,
Der mächt'ge Ocean hoch über'm Bug
Sich hebt und Masten, Thürm' und Küst' entrafft,
Die Flotte schweift wie wilde Schwän' im Flug,
Der trägste Seemann nun so wacker schafft,
Wie lustig tanzt die Fluth um jedes Kieles Schaft.

18. Und o welch kleine Kriegswelt drinnen webt!
Geschütze klar, Netzwerk um's Deck gespannt,
Kommandoruf, rings Lärmen, frisch belebt,
Wenn auf ein Wort die Tops hoch sind bemannt;
Horch, wie des Bootsmanns Schrei sein Echo fand,
Wo die Matrosen drehn die Taljen flink,
Und der Kadett daneben giebt bekannt,
Mit schriller Pfeif', ob gut, ob schlecht es ging,
Und willig folgt das Volk des kund'gen Knirpses Wink.

19. Rein ist das glatte Deck, auf dem rundum
Ernsthaft der Lieutenant von der Wacht spaziert;
Sieh dort den Raum, des Schiffsherrn Heiligthum,
Wo einsam stumm in Hoheit er stolziert
Zu Aller Furcht; nicht oft Zwiesprach' er führt
Mit Niedrern, daß die Mannszucht nicht erschlafft,
Durch deren Bruch er Sieg und Ruhm verliert
Für je: doch selten auch der Brit' entrafft
Sich dem Gesetz, das hart zwar, doch ihm stählt die Kraft.

20. Blaf', blaſe friſch, du lielbeſchwingend Wehn!
Bis breit der Sonne bläſſ're Scheib' entſinkt;
Dann muß das Flaggenſchiff die Segel drehn,
Daß nach die Schaar der ſäum'gen Barken hinkt.
O wie langweilig hart ſolch Zaudern dünkt,
Das ſchönſten Wind um träge Holfs[6]) verpaßt;
Welch Zeitverluſt, bevor der Morgen blinkt,
Bei günſt'ger Fluth, die Segel ſchlaff gebraßt,
Für ſolcher Klötze Nahn zu ſtehn in fauler Raſt!

21. Der Mond iſt auf — bei Gott die Nacht iſt ſchön,
Von Strömen Lichts der Wellen Tanz umſpannt!
Jetzt Burſch und Maid in Lieb' am Ufer gehn:
Solch Loos werd' uns, rückkehren wir an's Land!
Mittweil weckt ein Arion rauher Hand
Die Weiſe, die dem Seemann lieblich klingt;
Ein froher Kreis ſteht bald um ihn gebannt,
Bald nach bekanntem Takt er weidlich ſpringt,
Sorglos, als ob er frei ſich auf dem Feſtland ſchwingt.

22. In Calpe's[7]) Enge ſich die ſteile Wand,
Europ' und Afrika ſich nah in Sicht,
Brünetter Fraun und bronz'ner Mauren Land'
Erſchaut gleichzeit im bleichen Mondenlicht.
Wie ſanft es ſich um Spaniens Küſte flicht,
Enthüllend Fels und Hald' und braunen Wald
Roch klar, ob's ſchwindend auch ſchon matt ſich bricht;
Doch Mauritaniens Rieſenſchatten wallt
Von dem Gebirg herab zum Strande ernſt und kalt.

23. Zur Nacht uns ſtilles Sinnen fühlen lehrt,
Was wir geliebt, iſt Lieb' auch längſt verſcheucht;
Das Herz, das einſam klagt von Hohn verſehrt,
Nun freundlos träumt, ein Freund war ihm geneigt:
Wer wünſcht wohl, daß der Jahre Laſt ihn beugt,
Wenn Jugend ſelbſt verwindet Lieb' und Glück?
Ach, wenn der Seelen Bund nicht Dauer zeigt,
Bleibt für des Todes Beut' ein kleines Stück!
O ſchöne Zeit! wer ſehnt die Kindheit nicht zurück?

24. So über'm Schiffsbord hingelehnt im Schaun,
Wie auf die Fluth der Mond sein Silber streut,
Vergißt das Herz Luftschlösser sich zu baun
Und unbewußt flieht's zur Vergangenheit.
So arm ist Niemand, daß nichts Theures beut
Sich mehr ihm oder solches flüchtig sein
Er doch genannt, dem eine Thrän' er weiht,
Ein blitzend Weh, von dessen schwerer Pein
Die matte Brust sich möcht', obwohl umsonst, befrein!

25. Auf Felsen ruhn und sinnend stehn ob Hang
Und Meer, im Waldesschatten säumen träg,
Wohin nicht reicht der Menschen Herrschaftszwang
Und nimmer oder selten führt ihr Weg, —
Allein und pfadlos ziehn durch's Berggehäg
Mit wilder Heerde, die dem Pferch nicht hold,
Zum Sturzbach schaun hinab vom Schwindelsteg:
Das ist nicht Einsamkeit, nur Huld'gung zollt
Man so Natur und sieht all ihre Schätz' entrollt.

26. Doch in der Menschenmenge Lärm und Drang
Seh'n, hören, fühlen, stehn und ziehn vielleicht
Da als der Welt gelangweilt Glied entlang,
Mit Niemand, der uns liebt, dem wir geneigt, —
Des Glanzes Motten, die das Trüb' entscheucht! —
Ohn' Einen, der in Freundschaft geht so weit,
Daß ihm, wenn wir nicht wären, eitel däucht,
Was sich ihm schmeichelnd, folgsam, knechtisch weiht:
Das heißt allein sein — das, ja das ist Einsamkeit!

27. Da lebt der fromme Klausner mehr beglückt,
Den man am stillen Athos wird gewahr,
Wenn Abends auf der Höh' er wacht, die blickt
Auf's Meer so blau, zum Himmelszelt so klar,
Daß wer zu solcher Stunde dorten war,
Voll Inbrunst an dem heil'gen Ort verweilt,
Sich dann entreißt der Sicht so wunderbar,
Seufzt, daß ihm solch ein Loos nicht zugetheilt,
Und — hassend eine fast vergess'ne Welt — enteilt.

28. Nichts melden wir von ihrer Fahrt, gewandt
In Bahnen, wo bleibt keine Spur dahint,
Von Kalm und Sturm, Laviren, Stillestand
Und all den Launen nichts von West' und Wind,
Nichts von der Schiffer Lust und Leid, die sind
Gesperrt in meerumspülter Veste Hut,
Wie faul, wie frisch, wie widrig und wie lind
Sich hebt und sinkt die Brís', erschwillt die Fluth,
Bis früh mal Land! es schallt und Alles dann ist gut.

29. Doch übersetzt Calypso's Inseln**) nicht,
So schwesterlich vereint inmitt dem Meer;
Noch ist ein Hafen da für Müd' in Sicht,
Weint auch die holde Göttin dort nicht mehr
Und lugt umsonst vom Fels nach dem[8b]) umher,
Der um ein sterblich Lieb sie von sich wies.
Hier warf sein Sohn[8c]) auch hoch vom Klippenwehr
Sich in die See, wie Mentor streng ihm hieß,
So daß nun zwiefach Weh der Nymphe Brust durchstieß.

30. Ihr Reich ist aus, ihr süßer Reiz entflohn,
Doch trau dem, Jüngling! nicht zu leicht, hab' Acht!
Ein irdisch Weib herrscht auf dem üpp'gen Thron
Und übt da neu Calypso's Zaubermacht.
O Flora[9]), wenn je wieder Lieb' erwacht
Im öden Herzen mir, — es wäre dein!
Doch schreckt mich jede Fessel und so bracht'
Ich nicht ein werthlos Opfer deinem Schrein,
Noch bat solch Engelsbild um Leid für meine Pein.

31. So Harold dacht', als er der Dame blickt'
In's Aug' und von dem Strahl blieb unversengt,
Bewundrung nur ihn harmlos noch durchzückt,
Fern stand ihm Lieb', obwohl nicht weit entlenkt;
Wer sah, wie oft er sonst sein Herz verschenkt,
Fand jetzt ihn nicht mehr ihrem Dienst getreu,
Und Eros hat nie wieder ihn bedrängt:
Seit Harold hier blieb von Anbetung frei,
Sah wohl der kleine Gott, sein Einfluß sei vorbei.

32. Die schöne Flora fand, wohl staunend zwar,
Daß er, der wie es hieß für All' entbrannt',
Empfänglich nicht für ihre Reize war,
Die Jeder scheinbar oder wahr empfand,
Als Hoffnung, Glück, Gebot und Straf' erkannt,
Wodurch die Schön' ihr Sklavenvolk regiert;
Und sehr sie Wunder nahm, daß solch ein Fant
Fühlt' oder log nicht Gluth, die selten schürt
Der Damen Zorn, thun sie auch manchmal so geziert.

33. Fern lag ihr, daß dies Herz — scheinbar von Stein —
Das sich aus Stolz jetzt hüllt' in Schweigsamkeit,
Erfahren sollt' in Räuberkünsten sein
Und Schlingen frech gelegt schon weit und breit,
Daß er sein schlecht Gewerb nicht warf beiseit,
So lang er fand, was noch des Raubens werth;
Doch Harold solcher Kunst nicht mehr sich weiht'
Und wenn ihn dieser Augen Blau bekehrt,
Hätt' er doch nie der Freier winselnd Chor vermehrt.

34. Nicht recht hat der wohl Weibes Sinn erkannt,
Wer glaubt, daß so was Eitles Seufzen rührt;
Was sind ihm Herzen, die es schon gebannt?
Verehre dein Idol, wie sich's gebührt,
Doch nicht zu heiß, sonst wirst du abgeführt
Mit deinem Flehn, wenn's noch so tropisch schwört,
Laß Zartheit selbst, wenn Klugheit dich regiert,
Keck Selbstvertraun bei Fraun am besten fährt,
Sei wechselnd kalt und warm, dann wirst du bald erhört.

35. Die Lehr' ist alt und durch die Zeit bewährt, —
Am meisten klagt, wer sie am besten weiß —:
Ist das erlangt, was Jeder heiß begehrt,
Scheint kaum der Mühe werth der karge Preis.
Geknickt der Jugend, Ruh und Ehre Reis —
Das ist die Frucht siegreicher Gluthbegier!
Wird grausam — mild verschmäht des Werbens Fleiß
Bleibt's bis zuletzt doch Krankheit — ein Geschwür,
Unheilbar, selbst wenn Liebeslust vergessen schier.

36. Fort! Laßt nicht zögern mich in meinem Sang,
Denn manchen Bergpfad müssen wir noch ziehn
Und segeln mancher Küstenseen' entlang,
Gelenkt von Trübsinn, nicht von Phantasien, —
In Zonen ganz so schön, wie sie gediehn
Nur je an eines Hirns beschränktem Heerd
Und je ein neu Utopien ließ erblühn,
Daß lernt der Mensch, wie er sein Heil vermehrt,
Wenn dies verderbte Ding wär jemals so belehrt.

37. Natur zeigt noch als beste Mutter sich,
Trotz allem Wechsel stets doch treu gesinnt;
Satt trinken laßt an ihrem Busen mich,
Ihr nicht entwöhnt, doch nie bevorzugt Kind.
In Wildheit ihre Züg' am schönsten sind,
Wo unbefleckt sich noch ihr Bild erweist:
Mir lächelte sie Tags und Nachts gleich lind,
Hab' ich sie auch wie Niemand sonst umkreist
Und mehr und mehr geliebt und zwar im Zorn zumeist.

38. Albanien! wo Iskander[10]) sich erhob,
Des Jünglings Vorbild und der Weisen Licht,
Und gleichen Namens er[11]), vor dem zerstob
Durch Heldenthat des Feinds gedrängte Schicht, —
Albanien! laß mich neigen mein Gesicht
Auf dich, das rauh ein wild Geschlecht erzieht;
Das Kreuz hier vor dem Minaret erliegt
Und in dem Thale bleich der Halbmond glüht
Durch den Cypressenhain in jeder Stadt Gebiet.

39. Harold schifft' hin am nackten Riff[12]), wo trüb
Penelope geschaut auf's Meer hinab,
Und sah den Fels, der unvergessen blieb,
Der Liebe letzten Hort und Sappho's Grab.
Konnt' ihr unsterblich Lied kein Rettungsstab
Dem Geist sein, den solch Himmelshauch durchdringt?
Nicht leben sie, die ew'ges Leben gab,
Wenn ew'ges Leben doch der Lyra winkt,
Der einz'ge Himmel, der erwünscht den Ird'schen dünkt?

40. Ein griech'scher Herbstesabend glühte hold,
Als Harold fern Leukadien's Kap begrüßt,
Ein Fleck, wo längst er weilen schon gewollt.
Manch' Stätt' er sah, die Schlachtenruhm genießt,
Actium, Lepanto und Trafalgar wüst,
Doch kalt nur, weil er nie sich hat erfreut —
Da Mars nicht der Planet, der ihm erkiest —
An blut'gen Kämpfen oder tapferm Streit:
Dem Bravo Haß, martial'schem Wicht er Spott entbeut.

41. Doch als er ob Leukadiens Schmerzenswand,
Die weit vorspringt, den Abendstern sah ziehn
Und eitler Liebe Endzuflucht erkannt,
Erfaßt ihn doch ein ungewohnt Erglühn;
Und wie das Schiff glitt sacht mit stolzer Mien'
Im Schatten hin des alten Bergs sogar,
Lauscht' er der Wellen melanchol'schem Fliehn,
Und tief im Sinnen, wie gewohnt er war,
Schien milder auch sein Blick, die Furchenstirn ihm klar.

42. Es tagt. — Albaniens wildes Bergland graut,
Die Felsen Suli's und des Pindus Sicht,
Halb dunstverdeckt, von Schneebächlein bethaut,
Gestreift von gelb- und purpurfarbnem Licht;
Und wie längshin sich theilt der Wolken Schicht,
Enthüllt der Bergbewohner Heim sich klar:
Hier kreischt der Aar, der Wolf durch's Dickicht bricht,
Raubthier' und wildes Volk wird man gewahr
Und Wirbelstürm' erschüttern rings das Scheidejahr.

43. Nun endlich Harold selbst allein sich fand
Und nahm Abschied vom Christenvolk für lang,
Jetzt wagt' er sich in unbekanntes Land,
Das All' entzückt, doch Viele scheuen bang;
Gestählt war seine Brust, karg sein Verlang,
Gefahr nicht sucht' er, doch er trotzt' ihr kühn.
Wild war die Scene, aber neu ihr Zwang
Und das versüßt' ihm all' die Reisemühn,
Vertrieb des Winters Frosthauch und des Sommers Glühn.

44. Das rothe Kreuz — denn noch das Kreuz hier blieb,
Obwohl von den Beschnittnen arg verlacht —
Läßt hier vom Stolz, der feisten Pfaffen lieb,
Und Pop' und Laie sind in gleicher Acht.
O Aberglauben! — was du auch erdacht,
Götz', Heil'ger, Jungfrau, Kreuz, Halbmond, Prophet,
Welch ein Symbol du immer dir gemacht, —
Du Hort der Klerisei, wenn Alles sonst vergeht,
Wer scharrt der Andacht Gold aus deinem Schlackenbeet?

45. Schau dort Ambracias Golf, wo eine Welt
Verspielt ward für ein Weib[13]), solch' harmlos Ding!
In der gerippten Bai manch röm'scher Held
Und König Asiens in der Flotten Ring
Zum Zweifelkampf, doch sichern Blutbad ging
Da stand des zweiten Cäsars Siegstrophä[14]),
Jetzt Staub, wie die's erbaut auf seinen Wink:
Thronmeutrer, die verschärft der Menschheit Weh',
Gott! war für Solcher Spiel bestimmt dein Erdball je?

46. Von dieses rauhen Striches schwarzem Thor
Bis in Illyriens Thäler tief hinein
Stieg Harold manch erhabnen Berg empor
Durch jemals kaum erwähnte Länderein;
Doch zeigt das stolze Attika fast kein
So lieblich Thal, noch Tempe Reize mehr
Als sie: mag auch Parnassus sie nicht weihn,
Ist klassisch doch geweiht der Grund umher,
Nicht an Gedächtnißstätten dies Gesenk ganz leer.

47. Dem rauhen Pindus, Acherusiens See
Vorbei kam er zur ersten Stadt im Land,
Und zog dann weiter, daß zum Gruß er seh'
Albaniens Pascha[15]), der grimm angewandt
Gesetzlos Recht und nur mit Henkershand
Beherrscht' ein Volk, so unruhvoll wie keck;
Doch manche Bergesschaar noch widerstand
Voll Trotz ihm und aus ihrem Felsversteck
Drang weit, dem Gold nur weichend, vor ihr Kampfgeneck.

48. Mönch=Zitza[16])! Wenn von deinen schatt'gen Höhn,
Du kleiner, doch so lieblich heil'ger Grund!
Wir um uns her, hinauf, hinunter sehn,
Welch Farbenglanz, welch Zauber wird uns kund!
Fels, Bach und Wald und Berg gewährt im Bund
Mit blaufter Luft ein süß harmonisch Bild;
Tief unten sagt des Stromes Rauschemund,
Wo voll der Katarakt die Klamm durchschwillt,
Die zwar die Seel' erschreckt, doch auch mit Luft sie füllt.

49. Im Schooß des Hains, der krönt die busch'ge Höh', —
Die, wenn nicht mancher Berg sich stolz gereiht
Und luft'ger noch in seiner nächsten Näh',
Wohl an sich selbst erschien voll Würdigkeit, —
Des Klosters Mauern schimmern hell und weit;
Hier wohnt der Kaloyer[17]), der von Gemüth
Nicht roh, noch geizig ist: Willkomm er beut
Dem Wandrer, der von hier nicht achtlos flieht,
Wenn gütiger Natur Gebilde gern er sieht.

50. Hier laßt ihn ruhn in schwülster Tagesgluth:
Die alten Bäume halten frisch das Grün,
Die lind'sten Lüfte kühlen ihm das Blut
Und Himmelshauch mag durch die Brust ihm ziehn.
Tief drunten liegt die Ebne — o laßt ihn
Genießen reine Luft! Hier dringt nicht ein
Der Sonne Strahl mit fieberschwangerm Glühn;
Laßt denn den Pilger still sich lagernd weihn
Müdlosem Schaun vom Morgen= bis zum Abendschein.

51. In düstrer mächt'ger Schicht sich streckend stehn,
Wie ein Amphitheater des Vulkan,
Von links nach rechts Chimäras Alpenhöhn,
Und unten lehnt ein wonnig Thal sich an[18])
Mit Heerden, Busch und Bach, wo hoch vom Plan
Die Föhre nickt; den schwarzen Acheron
Sieh dort, einst heilig als der Todten Bahn:
Wenn, Pluto! hier der Hölle Reich begonn,
Dann schließ Elysiums Thor, mein Schatten bleibt davon.

52. Stadtthürme nicht dies holde Bild entweihn,
Janina ist nicht fern doch unsichtbar,
Verdeckt von Höhn; hier ist die Volkszahl klein,
Ein Weiler spärlich, einzle Hütten rar;
Doch weidend guckt die Zieg' am Abhang gar
Neugierig nieder, und auf seinen Stab
Gelehnt wacht still ob der zerstreuten Schaar
In weißer Kapp' am Fels, der Hirtenknab',
Wenn in der Höhl' er nicht die Windsbraut wartet ab.

53. Wo ist, Dodona! dein prophet'scher Quell,
Dein Götterspruch und dein uralter Hain?
Welch Thal echo'te Jovis' Antwort hell
Und welche Spur blieb von des Donnerers Schrein?
Fort Alles! — Soll es nun den Menschen reun,
Daß flücht'gen Lebens schwache Band' entwehn?
Schweig Thor! Der Götter Loos mag dein's auch sein:
Willst Marmor du und Eiche überstehn,
Wenn Völker — Welten selbst zertrümmert untergehn?

54. Epirus weicht und das Gebirg zumal,
Des Aufblicks satt, das müde Auge senkt
Mit Freuden sich auf ein so lieblich Thal,
Wie je der Lenz mit Rasengrün beschenkt.
Selbst eine Ebn' ist nicht im Reiz beschränkt,
Wenn stolz ein Fluß die Fläche unterbricht
Und wogend hoch die Ufer Wald umdrängt,
Deß Schatten tanzt in klarer Wellenschicht,
Beim Mondstrahl schläft, wenn hehr die Mittnacht sie umflicht.

55. Die Sonne stand schon hinterm Tomerit[19]
Und breit und stolz der Laos rauscht' heran,
Nachtdunkel herrscht', als Harold wand sich mit
Vorsicht hinab die steile Zickzackbahn
Und sah, wie Meteor' auf luft'gem Plan,
Die Minarets von Tepelen erglühn
Das überschaut den Strom, und hört' im Nahn
Ein kriegrisch reg Gesumm anschwellend ziehn
Im Windhauch, der durch's Längenthal strich seufzend hin.

56. Am stillen Haremsthurm vorbei er zieht
Und unterm hochgewölbten Thoreingang
Er sich des mächt'gen Pascha Sitz besieht,
Der allwärts zeugt von dessen hohen Rang;
Der saß in reichem Prunk, indeß durchdrang
Den Hof ein laut Gewühl: Es harrten dort
Eunuch, Soldat, Sklav, Gast und Derwisch lang:
Ein Schloß im Innern, äußerlich ein Fort,
Schien es für Männer jeder Zon' ein Sammelort.

57. Reich aufgeschirrte Roß' in voller Wehr
Und manches Kriegsgeräth gehäuft empor
Wies hier der weite Hofraum rings umher,
Fremdart'ge Gruppen dort der Korridor;
Und oft durch der Area hallend Thor
Fort sprengt' ein hochbemützter Tartar jach,
Hier Türk' und Grieche, Albaneser, Mohr
In bunter Tracht sich mischt', indeß der Schlag
Der Trommel dumpf gab kund, zu Ende sei der Tag.

58. Albanier wild, in Jacken bis an's Knie,
Schwalbund' um's Haupt, die Flinte ciselirt,
In goldgesticktem Kleid, hier stattlich sieh;
Dort Macedonier, ganz in Roth geschnürt,
Und Delhis, die die Mütze schreckbar ziert,
Mit krummem Säbel, — Griechen leicht bewegt,
Den schwarzen Nubier, zum Eunuch erkürt,
Den bärt'gen Türk', der stolz den Mund kaum regt
Und als der Mächtigste Weichherzigkeit nicht hegt.

59. In dichtem Knäul; truppweis gelagert blickt
Ein Theil der Scene zu, die wechselt bunt,
Manch ernster Moslem zum Gebet sich bückt,
Die Einen rauchen, Andre spielen — und
Hier tritt der Albanese stolz den Grund,
Dort schwatzt der Grieche, doch halbflüsternd bloß;
Horch! Feierlich schallt durch die Nacht im Rund
Vom Minaret des Muezzins Rufgetos:
„Es ist kein Gott, als Gott! — Zum Beten! — Gott ist groß!"

60. Just in der Zeit, hindurch den langen Tag,
Bußfasten aufrecht hielt der Ramasan[20]),
Doch nach des trägen Zwielichts Stundenschlag
Von neuem Fest und Lustgelag begann.
Nun gab's viel Lärm, und emsig richtet' an
Die reiche Tafel drin der Diener Troß;
Die leere Gallerie schien unnütz dann,
Doch aus den Zimmern wirr Getöse floß,
Wenn aus und ein dort Pag' und Sklav geschäftig schoß.

61. Hier hört man nie der Frauen Stimm': allzeit
Verschleiert, darf nie unbewacht sie sein;
Sie hat nur Einem Leib und Herz geweiht
Und denkt nicht, haftgewöhnt, an Streiferein.
Denn nicht macht ihres Herren Lieb' ihr Pein,
Und voll des Glücks der höchsten Mutterlust,
Wie's kein Gefühl sonst je nur kann verleihn,
Zieht selbst ihr Kind sie auf an treuster Brust
Und hegt's an ihr, die nichts Gemeinem sich bewußt.

62. Im Kiosk marmorgepflastert, wo inmitt
Ein Spring lebend'gen Wassers aufwärts stob,
Der sprudelnd frische Kühlung theilte mit,
Und Ruh' um üppig weiche Polster wob,
Lehnt' Ali, der nur Krieg und Schrecken schnob;
Doch sehn könnt ihr in seinen Zügen nicht —
Weil Höflichkeit zu milderm Glanz erhob
Scheinbar dies greis ehrwürd'ge Angesicht —
Was drunter lauert und mit Abscheu ihn umflicht.

63. Nicht weil solch grauem Langbart ziemen schlecht
Neigungen, die der Jugend Theil, — „es zwingt
Die Lieb' auch's Alter"! Hafis sprach mit Recht
Und so der Tejer auch voll Wahrheit singt —
Doch Freveltrieb, den kein sanft Wort bezwingt,
Der Iden schändet und zumeist den Mann
Bei Jahren, — ihm ein Tigermal aufdringt;
Blut zeugt nur Blut und stets blutgieriger dann
Lebt der hinfort und endet, wer mit Blut begann.

64. Bei Vielem, was für Aug' und Ohr ganz neu,
Ruht' Harold aus die müden Füße dort
Und staunt' auf moslemit'sche Schwelgerei
Bis bald langweilt ihn der geräum'ge Hort
Von Glanz und Ueppigkeit, der Lieblingsport
Des Mächt'gen, ist er satt der Stadt Gewühl, —
Und läg' er still, wohl wär's ein süßer Ort;
Doch scheut der Fried' erkünstelt Freudenspiel
Und Lust mit Pomp verknüpft dämpft beider Hochgefühl.

65. Grimm sind Albaniens Söhne, doch nicht bar
Der Tugenden, wenn auch gereist nicht die.
Wo bot dem Feind sich je ihr Rücken dar?
Und wer erträgt so standhaft Kriegesmüh?
Nicht sicherer ist ihr Felsenwall, als sie
In zweifelhaften Zeiten wirrer Noth:
So tief ihr Haß, wankt ihre Freundschaft nie, —
Heischt Dankbarkeit, heischt Muth selbst ihren Tod,
Fest stürmen vorwärts sie auf ihres Chefs Gebot.

66. In ihres Häuptlings Burg sah sie voll Glanz
Und Zuversicht Jung Harold kampfbereit,
Und später dann, als er sich zeitlangs ganz
In ihrer Macht befand voll Bangigkeit
Zur Nacht, die stets dem Schlechten Vorschub leiht,
Doch diese schützten ihn in ihrem Zelt,
Da minder Roh' ihn nicht so gern erfreut
Und selbst Landsleute sich ihm fremd gestellt —
O wie so selten Herzlichkeit doch Probe hält!

67. Einst trieb an Suli's rauhen Strand sein Boot
Der Sturmwind hin, als Alles rings umher
War öd' und finster: schon die Landung bot
Gefahr, doch dort der Aufenthalt noch mehr.
Die Schiffer standen eine Zeitlang sehr
In Zweifel, ob zu traun Verrätherein;
Dann wagten sie sich vor, doch sorgenschwer,
Daß die, die Haß so Frank' als Türken weihn,
Ihr altes Henkerwerk nicht möchten da erneun.

68. Grundlose Furcht: Zum Gruß der Sulier streckt
Die Hand und leitet über Sumpf und Stein
Sie treuer als ein Sklav culturbeleckt;
Er schürt den Heerd, ringt ihre Kleider rein
Und füllt die Bowl' und facht der Lampe Schein
Zum Mahl: ob schlicht, war Alles doch bereit.
So handelt ächte Menschenlieb' allein —
Den Müden stärken, trösten wer in Leid,
Macht Gute besser und beschämt der Bösen Neid.

69. Es traf sich daß, als er sich umgethan,
Zu scheiden nun von diesem Bergesland,
Ein Räubertrupp halbwegs gesperrt die Bahn
Und weit und breit gehaust mit Mord und Brand;
Drum warb er eine zuverläss'ge Band',
Um Akarnanien's Waldstrich zu durchziehn —
In Kämpfen wohlgeübt und sonnverbrannt, —
Bis Achelons' Silberfluth erschien
Und vom Hochrand er sah Aetoliens Ebnen glühn.

70. Wo einsam rundet sich Utraki's Bucht[21]
Und matt erstirbt der Wogen muntre Reih',
Nickt braunes Laub von grüner Waldesschlucht
Zur Mittnacht auf die Brust der stillen Bai,
Wenn leicht ein Westwind flüsternd zieht vorbei
Und küßt, nicht furcht die Fluth, die licht erblaut:
Hier Harold ward bewillkommt gastlich frei
Und blieb nicht kalt bei dem, was froh er schaut,
Denn manch Genuß ward ihm, da mild die Nacht entthaut.

71. Am glatten Strand Wachtfeuer flammten hell,
Das Mahl war aus, der Rothwein kreist' im Rund,
Und wer sich plötzlich da genaht der Stell',
Er hätt' erstaunt gegafft mit offnem Mund;
Denn eh der tiefsten Mittnacht stillste Stund'
Entschwand, der Trupp ein heimisch Fest begann:
Fort warf der Palikar den Säbel, und
Nun Hand in Hand gereiht und Mann an Mann
Lang tanzt', ein rohes Klaglied gellend, der beschürzte Clan.

72. Jung Harold stand von ihnen nicht gar fern
Und nahm ihr Fest, doch nicht unmuthig wahr —
Harmlose Freud', ob roh auch, hatt' er gern.
Fürwahr! befremdlich stellte sich ihr zwar
Barbarisch, doch nicht zuchtlos Spiel ihm dar;
Und wie die Flamm' ihr Antlitz voll beschien,
Tief bis zum Gürtel wallt' ihr lang wirr Haar,
Flink die Geberden, keck der Augen Glühn,
Erscholl dies Lied, das halb sie sangen, halb sie schrien:

1. Tamburgi! Tamburgi; dein Lärmschlag von weit
Giebt Hoffnung dem Tapfern und Aussicht auf Streit;
Die Söhn' all der Berge weckt auf dein Gebot:
Chimarier, Illyrier und finstern Suliot.

2. O wer ist wohl tapfrer als solch ein Suliot
In schneeweißem Hemdrock und zottger Capot'?
Dem Wolf und dem Geier die Heerd' er tritt ab
Und stürzt gleich dem Bergstrom zur Ebne hinab.

3. Wird der Sohn von Chimari, der nie einem Freund
Die Kränkung verzeihet, je schonen den Feind?
Sein sichres Geschoß wohl entziehn der Rachlust?
Welch Ziel ist so schön wie die feindliche Brust!

4. Macedonien schickt sein' unbesiegliche Zucht:
Für zeitlang verläßt sie die Jagd und die Schlucht;
Doch die blutrothe Schärpe wird röther noch sein,
Eh zur Scheide der Säbel, der Kampf gestellt ein.

5. Der Pirat auch von Parga, der wohnt an der See
Und lehrt bleichen Franken, wie's Sklaven ergeh,
Wird lassen das Langboot und Ruder am Strand
Und holt den Gefangnen vom Schlupfort am Land.

6. Nicht frag ich nach Freuden die Reichthum erprahlt,
Mein Säbel gewinnt, was der Schwächling bezahlt,

Gewinnt mir die Braut mit langwallendem Haar
Und reißt manche Maid aus der Mutter Gewahr.

7. Das Holdgesicht lieb' ich der Maid, die frisch blüht,
Ihr Kosen mich einlullt, mich sänftigt ihr Lied,
Aus der Stub' ihre tonreiche Laute sie bringt
Und vom Fall ihres Ahns einen Sang sie uns singt.

8. O gedenket des Tags, da Prevesa erlag,
Der Sieger Gejauchz, der Besiegten Geklag,
Da verbrannt wir die Häuser, getheilt uns die Beut',
Erschlugen den Reichen und schonten der Maid!

9. Nichts weiß ich von Gnade, von Furcht ich nichts spür',
Es darf sie nicht kennen, wer dient dem Vezier;
Seit der Zeit der Propheten der Halbmond nie sah
Einen Häuptling so ruhmvoll wie Ali Pascha.

10. Nach der Donau ist Muchtar, sein Sohn, auf der Streif',
Es schreckt die gelbhaar'gen Giaurs sein Roßschweif;
Wenn in Blut seine Delhi's hinsprengen am Bord,
Dann fliehn von den Russen nur wen'ge noch fort.

11. Halt Seliktar! das Schwert uns'res Häuptlings bereit,
Tamburgi! dein Lärmschlag giebt Hoffnung auf Streit,
Ihr Berge, die stürzen ihr seht uns an's Meer,
Sollt schaun uns als Sieger, sonst schaun uns nie mehr!

73. Schön Hellas! Trauermal von einstger Würd',
Unsterblich wenn auch todt, gestürzt noch groß!
Wer soll dein Volk nun leiten, das weit irrt,
Aus langgewöhnter Knechtschaft ringen los?
Nicht wählten deine Söhn' einst solch ein Loos,
Die frei geweiht sich hoffnungsloser Schlacht
In bleicher Thermophlen Grabesschoos —
Ach, wer solch Heldengeist auf's neu entfacht,
Springt vom Eurotas und ruft dich aus Todesnacht?

74. O Freiheitsgeist! als du auf Phyle's Höh²²)
Warst Thrasybul und seinem Anhang nah,
Konntst ahnen du die Stunde voller Weh,
Die nun umwöllt dein grünend Attika?
Nicht dreißig Zwingherrn üben Druck jetzt da,
Nein, jeder Schuft darf drücken nun dein Land;
Feig schmähn nur deine Söhn' im Joche ja
Und zittern vor der Peitsch' in türk'scher Hand
Als Sklaven lebenslang, in Wort, in That entmannt.

75. Welch greller Abstand, bloß im Aeußern nicht!
Denn wer ihr Auge noch sieht Funken sprühn,
Glaubt wohl, daß ihre Brust durchstrahlt noch licht,
Verlorne Freiheit! dein untilgbar Glühn;
Und mancher träumt, nah sei der Tag gediehn,
Der ihnen schenkt der Väter Erb' auf's neu:
Um fremden Beistand sie sich jammernd mühn,
Doch selbst nicht mögen sie sich kämpfen frei
Und löschen ihre Schmach im Buch der Sklaverei.

76. Erbliche Sklaven! wißt ihr nicht, daß der
Muß selber thun den Schlag, wer frei will sein?
Den Sieg erringen muß durch eigne Wehr?
Wird euch erlösen Frank' und Russe? — Nein!
Wohl mögen eure Henker sie zerstreun,
Doch flammt der Freiheit Altar nicht für euch.
Helotenschatten²³)! nun könnt ihr euch freun:
Tauschst Hellas! du die Herrn, für dich ist's gleich,
Dein Ruhmtag schwand, nicht deine Jahr' an Schande reich.

77. Die Stadt, dem Giaur entrissen für Allah²⁴)
Der Stamm Osmans dem Giaur wohl wieder läßt,
Und des Serais gefeiter Thurm nimmt da
Die Franken auf, die sonst schon seine Gäst', —
Auch Wahabs Aufruhrsrotte²⁵), die erpreßt
Von Mahoms Grab hat seinen frommen Hort,
Erstreckt wohl ihren Blutpfad längs dem West,
Doch nie sucht Freiheit diesen Unheilsort
Und Sklave folgt auf Sklav im Joch hier immerfort.

78. Und doch ist leicht ihr Sinn: Eh Fasten kömmt,
Das ihre Kirch' als Buße streng gebeut,
Damit Todsünden ab vom Menschen schwemmt
Gebet des Nachts, und Tags Enthaltsamkeit, —
Ja, eh nun Reu' anlegt ihr härnes Kleid,
Ein paar Lusttage sind bestimmt für All',
Um zu vergnügen sich in Heimlichkeit
Durch Narrentracht und Tanz beim Maskenball
Und bei dem Possenzug des heitern Karneval.

79. Und wessen ist wohl lust'ger, als der dein',
O Stambul! Kais'rin ihres Reichs vorher?
Ob Turbans jetzt Sophia's Dom entweihn
Und Hellas dort umsonst sucht sein' Altär' —
Ach, stets sein Leid durchdringt mein Lied so schwer,
Sonst war sein Sänger froh im Freiheitsdrang,
Bei Allen Lust, die heucheln sie nunmehr! —
Nicht oft ward mir solch Anblick, solcher Sang,
Wie Aug' und Ohr ergötzt am Bosporus entlang.

80. Ein froh Getümmel laut den Strand umquoll,
Oft wechselte Musik, doch schwieg sie nie,
Und zeitweis Ruderschlag im Takt erscholl
Und Kräuselwellen rauschten lieblich hie;
Die Meereskön'gin schien voll Huld auf sie,
Und streift' ein flücht'ger Hauch die Wogenschicht,
Dann war's, als ob vom Himmelsthron erglüh'
Ihr Spiegelbild noch schöner drin, bis licht
Die Ufer strahlen, wo die Fluth sich funkelnd bricht.

81. Manch leicht Kaik rasch durch den Schaum hinflog
Des Landes Töchter tanzten auf dem Strand,
Nicht Bursch, noch Maid zur Ruh nach Haus' es zog,
Da manch ein Schmachtblick, bebend manche Hand
Die Gluth, die Wen'ger Herz verschmäht, gestand
Und sanfter Druck lud zur Erwidrung ein.
O junge Liebe! laß dein Rosenband
Bekritteln Weis' und Cyniker, — allein
Solch eine Stund' ersetzt manch Lebensjahr voll Pein!

4

82. Doch im Gewühl vom lust'gen Maskenzug
War da kein Herz, aus dem geheimes Weh
Halblaut selbst durch die dichtste Hülle schlug?
Für solches scheint der Murmelton der See
Ein Echo deß, was es beklagt von je;
Für solches ist der Menge Faschingsfreud'
Ein Quell von Trauer und Verachtung eh:
Ihr albern laut Gelach ihm Ekel beut
Und gern tauscht' es das Festgewand für's Sterbekleid.

83. Dies müßte fühlen Hellas ächter Sohn,
Wenn da noch lebt' ein ächter Patriot,
Nicht einer, der kühn prahlt, doch willig schon
Sich fügt in's Joch, nur seufzt ob seiner Noth
Und lächelnd thut, was fordert sein Despot,
Die Sklavensichel schwingend, nicht das Schwert.
Ach, Hellas liebt am mindsten der, dem's bot
Am meisten: Leben, Blut und Ahnenwerth,
Hero'n, die tief ihr nun entartet Volk empört!

84. Wenn Lacedämon's Muth wird frisch erblühn,
Epaminondas wieder steigt empor,
Athene's Kindern Herzen sind verliehn,
Die Griechenmutter Männer bringt hervor:
Dann magst erlöst du sein, doch nicht zuvor.
'Nen Staat zu baun kaum ein Jahrtausend gnügt,
Den eine Stunde brechen kann wie Rohr;
Doch wer des Glanzes Splitter neu dann fügt,
Weckt seine Kraft und über Zeit und Schicksal siegt?

85. Und doch wie lieblich bist du noch im Weh,
Land, das einst Götter und Gottmenschen trug!
Dein' immergrünen Thal' und Höhn voll Schnee
Weihn noch zum Liebling der Natur dich gnug;
All deiner Tempel Pracht zu Boden schlug
Und mischt' allmählig sich mit Heldenerd',
In Staub zermalmt von jedes Bauern Pflug:
So werden Werk' aus Menschenhand zerstört,
So schwindet Alles, nur nicht was Gedenkens werth;

86. Nicht, wo nur trauert eine Säul' allein
Aufrecht ob ihrer Schwestern Sturz ringsher;
Nicht, wo noch schmückt Tritonia's luftger Schrein
Kolonna's Klipp' und glänzt herab auf's Meer;
Am Heldengrab nicht, fast erinnrungsleer,
Wo grau Gestein und glatter Rasen schwach
Der Zeit trotzt, doch Vergessenheit nicht mehr,
Das nur der Fremd' ohn Acht nicht lassen mag,
Beschaut verweilend wohl, wie ich, und seufzt ein Ach!

87. Hier sind die Himmel blau, die Felsen wild,
Die Wälder frisch, die Fluren grün noch heut,
Die Oelfrucht reift, — wie unter Pallas' Schild,
Und Honigschätze noch Hymettus beut;
Ihr süß Gezell die muntre Biene reiht,
Die frei hinschwärmt in deiner Bergluft Wehn;
Apoll sein Gold dem langen Lenz verleiht,
Sein Strahl umglüht Pendeli's Marmorhöhn:
Kunst, Ruhm und Freiheit schwand, doch die Natur blieb schön!

88. Wohin wir treten ist geweihter Grund,
Dein Erdreich ward Gemeinem nicht gesellt;
Nur ein groß Wunderreich erstreckt sich rund
Und wahr scheint Alles, was der Mus' entquellt,
Bis es den Sinn zu schaun die Scenen schwellt,
Wo weilten unsre frühsten Träume schon;
So Berg als Thal, so Schlucht wie ebnes Feld
Der Macht, die deine Tempel brach, spricht Hohn:
Die Zeit Athen's Burg stürzt, doch schont grau Marathon.

89. Gleich blieb sich Sonn' und Land; nur Sklaventhum
Und Fremdherr tauschten hier —; doch unversehrt
Die Grenzen wahrt und grenzenlosen Ruhm
Das Schlachtgefild, wo Persiens Opferheerd'
Erlag zuerst dem Stoß von Hellas Schwert,
Noch wie am Tag, der ewgen Glanz empfahn,
Der Marathon zum Zauberwort verklärt,
Bei dessen Klang des Hörers Blick' umfahn
Sichtbar das Lager, Heer, Gefecht, des Siegers Bahn.

90. Des Meder's Flucht, deß Bogen pfeillos brach,
Den feur'gen Griechen mit bluthrothem Speer;
Wie dort Gebirg, hier Meer und Ebne lag,
Der Tod schritt vorn, Verwüstung hinterher!
So war die Scen' — und was blieb da nunmehr?
Welch Siegsdenkmal markirt den heilgen Grund,
Zeugt von der Freiheit Huld und Asien's Zähr'?
Ein Urnenrest, zerstörter Grabbühl und
Der Staub, den, Fremdling! auf dein Roßhuf wirbelt rund.

91. Ja, zu den Trümmern deiner einst'gen Pracht
Wall' hin der Pilger trüb, doch voller Drang;
Lang grüß' er, von Joniens Wind gebracht,
Das Glanzgebiet von Kämpfen und Gesang.
Was deiner Sprach' unsterblich einst entklang
Zieh Jugend stets zu deinem Ruhm heran;
Der Alten Stolz, der Jüngern Vorbild lang,
Das ehren Weis' und Dichter beten an,
Schlingt Pallas und die Mus' um sie den heil'gen Bann.

92. Das Herz des Wandrers drängt zur Heimkehr ihn,
Begrüßt ihn Liebes am willkommnen Heerd:
Wer einsam steht, der möge hieher ziehn
Und liebend schaun auf gleichen Schicksals Erd'!
Ach, Hellas nicht gesell'ge Lust gewährt,
Doch wem Mittrauer lindert Wehgefühl,
Der weile hier, wo kaum er heim begehrt,
Wenn still er wallt auf Delphi's heil'gem Pfühl
Und auf die Ebnen blickt, wo Griech' und Perser fiel.

93. Laßt Solchen ziehn in dies geweihte Land
Und friedvoll durch die Zauberwüst' einher;
Doch seine Trümmer schont — laßt Krämerhand
Dies Bild nicht schänden, das schon litt so schwer!
Nicht dazu sind errichtet dieß' Altär':
Ehrt Reste, die Nationen einst geehrt!
So reinigst, Albion! du auch deine Ehr'
Und hier, an deiner Jugend Wissensheerd,
Wird dir verdankt, was Lieb' und Lebenslust macht werth.

94. Doch du, der in zu weit gedehntem Sang
Ruhmlos vertrieben sich die Müssigkeit,
Bald wird dein Ton verhallen im Gedrang
Von lautern Sängerstimmen neurer Zeit;
Laß ringen solch' um Lorbeern kurz gestreut,
Schlecht paßt jetzt solch ein Wettkampf für den Geist,
Den Tadel nicht verletzt, nicht Lob erfreut,
Seit ihm kein Herz Theilnahme mehr erweist
Und nichts gefallen kann, wenn Lieb' es nicht verheißt.

95. Auch dich, Geliebt' und Liebliche! miff' ich,
Verbunden mir in Jugendneigung rein,
Die that, was Niemand sonst gethan für mich,
Noch mich verstieß, der doch unwürdig dein.
Was bin ich? — Du hast aufgehört zu sein!
Willkommen deinem Pilger nicht gesagt,
Der klagt ob Zeiten, die sich nie erneun:
O daß sie nimmer oder erst getagt,
Er heim nie kam, von wo ihn frisches Weh verjagt!

96. O du, so liebend, lieblich und geliebt:
Wie selbstisch Kummer an Vergangnem hängt,
Mit Wünschen, die er besser auf nun giebt!
Doch dein Bild Zeit zuletzt aus mir verdrängt.
Du hast nun Alles, Tod! was mir geschenkt:
Ach! Mutter, Freund, und jetzt noch mehr als Freund;
So hat noch Keinen dein Geschoß gekränkt,
Und Leid auf Leid fortwährend noch verneint
Das karge Glück, das manchmal doch zu winken scheint.

97. So muß zurück ich wieder in die Welt
Und Alles thun, was gern der Friede mied?
Wo Lustgeschrei und Thorenlachen gellt,
Das Herz belügt, das Hohlgesicht verzieht
Und dann den schlaffen Geist läßt doppelt müd;
Wo stets das Antlitz, nur durch Zwang belebt,
Zu heucheln Freud' und bergen Haß sich müht,
Das Lächeln künft'ger Thränen Furche gräbt
Und schlecht verhehlter Hohn die krause Lipp' umschwebt.

98. Was droht dem Alter als der schwerste Fluch,
Prägt in die Stirn die Furchen tiefer ein?
Gelöscht die Lieben sehn im Lebensbuch
Und stehn, wie ich jetzt, auf der Erd' allein!
Ich beuge still mich vor des Zücht'gers Dräun
Auf todte Herzen, Hoffnungen zerknickt:
Rollt, eitle Tage, hin! Was gilt eu'r Sein,
Nun Zeit geraubt, was meine Seel' erquickt,
Und meiner Jahre Lenz mit Alters Weh erdrückt!

Dritter Gesang.

1. Bist du, Ada! wie deine Mutter schön,
Du meines Stamms und Herzens einzig Kind!
Dein Auge lacht', als ich's zuletzt gesehn,
Wo wir noch nicht wie jetzt geschieden sind
Ganz hoffnungslos. — Empor schreck ich geschwind:
Es rauscht die See rings um mich her und dräut
Mit lauten Stimmen oben hoch der Wind;
Ich scheid', und ohne Ziel, — doch schwand die Zeit,
Da Albion's ferne Sicht mir Lust bracht' oder Leid.

2. Auf's Meer noch einmal? Ja nochmals hinaus!
Die Fluth sich unter mir dem Roß gleich hebt,
Das seinen Reiter kennt. Willkomm dem Braus!
Nur schnelle Fahrt, gleichviel wohin sie strebt;
Wenn auch der feste Mast wie Rohr erbebt
Und hin der Sturm des Segels Fetzen streut:
Fort muß ich; denn ich bin wie Tang, der schwebt
Vom Fels geschwemmt im Schaum des Oceans weit,
Wohin die Woge rollt, wie der Orkan gebeut.

3. Von Einem sang ich in der Jugend Mai,
Den eigner Trübsinn hieß zur Fremde gehn;
Was damals kaum begann, ich hier erneu'
Und führ es mit mir, wie des Windes Wehn
Die Wolk' entführt: dies Lied läßt Furchen sehn
Mich langen Grams und Thränen, trocken zwar,
Doch deren Spur ließ eine Wüst' erstehn,
Ob der den letzten Lebenssand die Jahr'
Im Fliehn so schwer verstreun, die jeder Blume bar.

4. Seit meiner Jugend Hitz' in Freud' und Weh
Mir manche Sait' an' Harf und Herz wohl sprang,
Daß sie verstimmt; umsonst mag's sein, wenn je
Ich noch so singen wollt', als einst ich sang:
Doch ob die Weis' auch trüb, an ihr ich hang',
Auf daß sie mich des müden Traums entwöhnt
Selbstsüchtger Lust und Pein. So wieg' ihr Klang
Mich in Vergessenheit, — mir scheint als tönt'
Er widrig nicht, wenn er auch Niemand sonst versöhnt.

5. Wer älter ward in dieser Welt voll Schmerz,
An Geist, nicht Jahren, weil er's Leben weit
Erforscht und nichts ihm fremd mehr, — wessen Herz
Hier Lieb' und Kummer, Ehrsucht, Ruhm und Streit
Nicht mehr verletzen mit der scharfen Schneid'
Erstummten Duldens: dem nur ist bewußt,
Daß Gram sucht gern des Denkens Einsamkeit,
Wo manch Gebilde noch in frischer Lust,
Wenn auch schon alt, belebet nun die öde Brust.

6. Zu schaffen und für Schaffen leben weiht
Zu höherm Sein, wo unsre Phantasie
Gestalt gewinnt und Leben dem verleiht,
Was wir erträumen nur, wie ich selbst hie.
Was bin ich! Nichts: doch nicht ist also sie,
Die Seele meines Drangs, mit der ich wall'
Hier unsichtbar, doch schauend, und erglüh'
An ihrem Lichtquell und mich überall
Vereint ihr fühl' in meiner Hoffnung tiefem Fall.

7. Doch muß ich denken minder wild; zu lang'
Und wirr hab' ich gedacht, bis mein Gemüth,
Erregt und überreizt vom heißen Drang,
Zum Strudel irrer Wahngebild' erglüht;
Und da ich mich zu zähmen nie gemüht,
Ist mir das Herz vergiftet. — Ach zu spät!
Doch ward ich anders, wenn mir auch noch blüht
Genug des Leids, das keine Zeit verweht,
Zu bittrer Frucht, drob ich das Schicksal nie geschmäht.

8. Zu viel davon! Doch ist's nunmehr vorbei,
Den Zauberspruch des Schweigens Siegel schließt;
Der lang' entfernte Harold naht auf's neu,
Der all sein Fühlen gern schon eingebüßt,
Deß Weh nicht tödtlich doch unheilbar sprießt.
Doch hat die Zeit auch ihm manch Gut entwandt
An Seel' und Leib, denn Jahre legen wüst
Die Kraft der Glieder, wie des Geistes Brand:
Es schäumt des Lebens Zauberkelch nur nah am Rand.

9. Er trank zu rasch ihn und es fand sein Mund
Die Hef' als Wermuth; doch füllt' er ihn an
Nochmals aus reinerm Quell, auf heilgerm Grund,
Und hielt die Fluth für dauernd: eitler Wahn!
Stets blieb geheim er von der Kett' umfahn,
Die überall auch ohne Klirren schwer
Ihn drückt' und die er trug auf seiner Bahn
Voll Gram, doch ohne Klag', und die ihn mehr
Und mehr rieb wund, wo er auch immer schweift' umher.

10. Gewahrt durch Gleichmuth trat er wieder ein
In die Gesellschaft voller Zuversicht,
Und glaubt' an Geist so fest bestimmt zu sein,
Von unverwundbar'm Sinn umhüllt so dicht,
Daß, wenn nicht Lust, ihn doch kein Leid durchbricht,
Und in der Meng' er unbeachtet stehn
Und suchen könnt' auch da der Kenntniß Licht,
Wie er's in fremdem Land so wunderschön
In der Natur und Gottes Werken hat gesehn.

11. Doch wer mag sehn die volle Ros' und nicht
Nach ihr verlangen? Wer mag schaun den Glanz
Und Liebreiz auf der Schönheit Angesicht
Und fühlt nicht, daß das Herz nie altert ganz?
Wer sieht des Ruhmes Stern im Wolkenkranz
Und klimmte nicht zu seiner Höh' empor?
Noch einmal Harold sich den Wirbeltanz
Der lust'gen Kreis' als Zeitvertreib erkor,
Indeß zu edlerm Zweck als in der Jugend Flor.

12. Doch fand er bald, er taug' am mindsten hin,
Wo Menschen hausen, die mit ihm gemein
Nur wenig hatten, weil sich nie sein Sinn
Vor Andern beugt'; obwohl schon früh ihm Pein
Das eigne Denken gab, wollt' er doch sein
Gefühl nicht dämpfen lassen durch den Zwang
Von Geistern, die ihm Trotz nur flößten ein,
Auch einsam stolz, daß er in sich errang
Ein Leben noch, zu athmen fern dem Menschendrang.

13. Wo Berge ragter, waren Freund' ihm auch,
Wo rollt das Meer, war seiner Heimath Schoos,
Wo blau die Luft sich dehnt mit glühndem Hauch,
Da hatt' er Lust und Kraft zum Wandern blos:
Denn Wüste, Wald und Höhl' und Brandungstos
War ihm Gesellschaft; sie sprach mehr ihn an,
Als seiner Muttersprache Bücherstoß,
Von dem er zu den Zeilen oft entrann,
Die auf dem See im Sonnenlicht Natur ersann.

14. Den Sternen folgt' er nach gleich dem Chaldä'r,
Bis er mit Wesen sie belebt so licht,
Wie selbst sie glühn, bis Erd' und ihre Schwer'
Und Menschenschwäche ihn nicht mehr umflicht:
Konnt' er dem Geiste wahren solche Sicht,
Wär' er beglückt, doch dessen Himmelsbrand
Löscht dieser Staub, beneidend ihm das Licht,
Zu dem er strebt, damit sich löst das Band,
Das fest uns hält; lockt uns hinauf der Sel'gen Land.

15. Doch in der Menschen Kreis war er ein Ding
Ruhlos und matt und laß doch unlenkbar,
Zahm wie ein Wildfalk, dem gestutzt die Schwing'
Und nur der weite Aether heimisch war;
Dann tobt' er wieder, und wie im Gewahr
Der Vogel wild mit Brust und Schnabel drängt
Gen seines Käfigs Gitter, bis sogar
Sein Blut ihm das Gefieder roth besprengt,
Zerfrißt die innre Gluth das Herz ihm, gleich beengt.

16. Nun selbst verbannt zieht Harold fort auf's neu
Ohn' alle Hoffnung, aber minder trüb;
Erkennend, daß sein Leben zwecklos sei
Und ihm diesseits des Grabes nichts mehr lieb,
Selbst der Verzweiflung noch ein Lächeln blieb,
Das wüst zwar — wie in dem zerschellten Boot
Die Mannschaft zecht mit maßlos tollem Trieb
Auf sinkendem Verdeck bis in den Tod —
Doch Freud' ihm macht, der keinen Einhalt er gebot.

17. Halt! denn du trittst auf Staub von einem Reich,
Ein Erdstoß sargte seine Trümmer drin!
Giebt kund den Fleck kein riesig Standbild gleich?
Weist keine Säul' auf Siegstrophäen hin?
Nichts! Doch spricht schlichter so der Lehre Sinn;
Laßt drum die Stätte wie sie sonst aussah:
Wie zog vom rothen Thau die Saat Gewinn!
Und ist das Alles, was du wirktest da
Schlachtlenk'rin, königschaffende Viktoria?

18. Und Harold weilt auf dieser Schädelstatt,
Auf Frankreichs Grab, dem blut'gen Waterloo;
Wie schnell die Gottheit raubt, was sie erst hat
Verliehn, und zeigt, daß Ruhm auch flüchtig loh'!
Hier flog zuletzt hoch auf der Aar noch froh
Und schlug mit wunder Klaue dann das Feld,
Durchbohrt vom Pfeil des Völkerbunds, — und so
War aller Ehrgier Drang umsonst geschwellt:
Die Fesseln trägt Er nun, die trug und brach die Welt.

19. Gerechte Strafe! Gallien schäumend beiß'
In seine Kett'! — Ist freier drum die Erd',
Und stritt zu Eines Sturz der Völker Kreis?
Galt's, Kön'ge lehren wahren Herrscherwerth,
Daß wieder Knechtschaft aufgerichtet werd'
Als übertüncht Idol in lichtrer Zeit?
Von uns, die wir den Leun gefällt, verehrt
Soll sein der Wolf? Wir sollen frohnbereit
Vor Thronen knien? Nein, prüft erst, eh' ihr Huld'gung weiht,

20. Sonst prahlt mit eines Zwingherrn Sturz nicht mehr!
Vergebens ward gefurcht der Schönen Wang'
In Thränen um Europa's Blüthe schwer,
Die knickte der Despot; umsonst so lang
Erduldet Tod, Verheerung, Angst und Zwang
Und abgeschüttelt durch der Eintracht Band
Empörter Millionen: Ruhmesdrang
Hat Werth nur, wenn die Myrth' ein Schwert umwand,
Wie's auf Athens Tyrannen zückt' Harmodius' Hand.

21. Ein Ton des Jubels war damals zur Nacht
Und Belgiens Hauptstadt hatte da geschaart
Schönheit und Ritterthum; der Lampen Pracht
Schien über Fraun und Männer edler Art;
In tausend Herzen Glück sich offenbart,
Und als Musik wollüstig auf sich schwang,
Da ward in Liebe Blick und Hand gepaart
Und lustig scholl's wie Hochzeitglockenklang —
Doch still! Horch! Dumpf wie Grabgeläut ein Schall herdrang.

22. Habt ihr's gehört nicht? — Nein, der Wind nur heult',
Ein Karren rasselt' über's Pflaster hin.
Setzt fort den Tanz, die Lust wog' ungetheilt!
Kein Schlaf vor Tag, wenn Jugend mit Frohsinn
Auf flüchtgem Fuß die Horen jagt dahin —
Doch horch! Der schwere Schall dröhnt nochmals her,
Als ob er widerhallt' in Wolken drin,
Und näher, heller, droh'nder als vorher:
Auf! Auf! Es ist — ja, der Geschütze Kampfbegehr!

23. In einer Fensternisch' im hohen Saal
Saß Braunschweigs todgeweihter Fürst; er hört
Den Schall zuerst von all der Gäste Zahl,
Deß Ton ihn Sterbensahnung fassen lehrt;
Sie lächeln zwar, als er ihn nah erklärt,
Indeß sein Herz verstand den Schlag zu gut,
Der seinen Vater streckt' auf blut'gen Heerd
Und schrie um Rache, die nur löscht in Blut:
Er stürzt' in's Feld und fiel im ersten Glied voll Muth.

24. Ha! welch ein Rennen war da hin und her,
Welch Thränenguß und Zittern, angstgemüht;
Wie blaß die Wangen, die noch kurz vorher
Vom Lob auf ihren Liebreiz hoch erglüht;
Und plötzlich Scheiden, drob das Leben flieht
Aus jungen Herzen, — Seufzen, das bedrückt
Vielleicht zum letztenmal, denn wer errieth,
Ob Wiedersehn dies' Augen je beglückt,
Wenn auf so heitre Nacht solch ernster Morgen blickt.

25. Und dann des Aufbruchs wilde Hast: das Roß,
Schwadronensammeln, Karr'ngerassel jach
In einem Strom sich ungestüm ergoß:
Und rasches Gliederreihn zum Kriegesschach,
Und fern der dumpfe Donner Krach auf Krach,
Und nah der Schlag der Trommel ungehemmt,
Der schreckt den Krieger auf, eh es noch Tag,
Indeß zuhauf die Bürger stehn beklemmt
Und flüstern lippenbleich: „Der Feind! Er kömmt! er kömmt!"

26. Und wild und scharf das „Cam'ron hie"! erscholl,
Der Schlachtruf von Lochiel, der Schottlands Feld
Und seinen Feind, die Sachsen, oft umquoll:
Wie in der Mitternacht der Pibroch gellt
So rauh und schrill! Doch mit dem Hauch, der schwellt
Die Sackpfeif', auch erschwillt der stolze Muth
Der Hochlandskrieger, den stets frisch erhält
Von tausend Jahren der Erinnrung Gluth,
Und Evan's, Donald's Ruhm hitzt jedes Clansmanns Blut.

27. Und der Ardennen Wald ob ihrem Schritt
Rauscht in Natur entthautem Thränennaß
Voll Leid — wenn dies Lebloses auch fühlt mit —
Um die gebliebnen Tapfern, ach! die blaß
Vor Abend ruhn, zertreten wie das Gras
Jetzt unter ihnen, das jedoch sich hebt
Auf's neu im Lenz, wenn diese feur'ge Mass',
Anstürmend auf den Feind, von Muth belebt
Und hoffnungsheiß, der Moder kalt und tief umwebt.

28. Der Mittag sah sie voller Fröhlichkeit,
Der Abend stolzgemuth beim Tanzgelag,
Die Mittnacht brachte das Signal zum Streit,
Der Morgen Heeresordnen, — und der Tag
Das prächtig ernste Schlachtgewühl rief wach!
Die Donnerwolke drüber hängt und dicht
Mit Staub bedeckt die Erd' in jähem Schlag,
Die andern Staub drob häuft in blutger Schicht,
Wo Mann, Roß, Freund und Feind vermengt ein Grab umflicht.

29. Sie feiern stolzre Harfen, als die mein':
Ein Tapfrer nur sei hier mit Lob erwähnt[2]),
Theils weil ich stammverwandt mit ihm soll sein,
Theils auch, weil seinen Vater ich verhöhnt,
Und theils weil Sang gern schöne Namen krönt,
Und seiner klang voran; und als der Tod
Den schärfsten Pfeil für lichtre Reihn entlehnt,
Fand er, selbst wo die Schlacht am dicksten loht,
Kein edler Ziel, als Howard jung und brav ihm bot.

30. Da flossen Thränen, brach manch Herz um ihn
Und nichts dagegen wär mein Klagelied;
Doch als ich unterm Baume stand, deß Grün
Mich frisch umlaubt, wo er vom Leben schied,
Und sah ringsum die weite Flur in Blüth'
Und reichen Segens voll, und wie auf's neu
Der Lenz sein fröhlich Werk zu thun bemüht,
Wie all die Vögel schwebten sorgenfrei —
Wandt' ich mich ab zu denen, die erweckt kein Mai:

31. Zu ihm, zu Tausenden, von denen all'
Und jeder eine grause Lück' im Schoos
Der Seinen riß, für die als Gnadenfall
Vergessenheit nur brächt' ein mildres Loos!
Des Engels, nicht des Ruhms Trommetenstoß
Weckt die Ersehnten auf; der Fama Klang
Betäubt wohl augenblicks, doch löst er los
Die eitle Sehnsucht nicht, und Preisgesang
Auf die Gefallnen mehrt nur ihren bittern Drang.

32. Sie weinen, bis die Thrän' in Lächeln blinkt:
Der Baum dorrt längst, bevor er niederschlägt;
Der Rumpf treibt fort, ob Mast und Segel sinkt;
Der Balken neigt sich, aber modernd trägt
Er noch das Dach; die Burg, die morsch gelegt
Der Stürme Wuth, noch trotzig sich erhebt;
Der Kerker überdauert, den er hegt;
Es tagt, wenn auch die Sonn' in Wolken schwebt —
Und so das Herz gebrochen schon auch fort noch lebt,

33. Wie ein zerbrochner Spiegel, dessen Glas
In seinen Stücken spiegelt tausendmal
Zurück das Bild, das eins erst war und das
Ganz gleich sich mehret mit der Splitter Zahl.
So läßt das Herz nichts, was es faßt' einmal:
Es schlägt noch fort zersplittert, still und kalt
Und blutleer in schlaflos verseufzter Qual;
Doch welkt's, bis Alles rings erscheint ihm alt,
Ohn' äußres Mal, denn unsagbar solch Leid entwallt.

34. Noch in Verzweiflung wahrhaft Leben quellt,
Wiewohl mit Gift getränkt, — ein Queckensaft,
Der nährt die dürren Zweige, denn sonst gält
Ja nichts das Sterben; doch die Seel' aufrafft
Die schlechtste Frucht des Grams mit Leidenschaft,
Die gleich den Aepfeln an dem todten Meer
Wie Asche schmeckt: wenn in der Erdenhaft
Der Mensch die Freudenstunden rechnet her
Von Lebensjahren, — sagt, ob sechszig wohl zählt' er?

35. Der Menschen Jahre der Psalmist uns nennt;
Es sind genug, und hieltst du richtig Buch,
Du tödtlich Waterloo, das ihm mißgönnt'
Auch diese Spannenzeit, — mehr als genug!
Millionen denken dein mit Lobesspruch
Und ihre Kinder sprechen stolz danach:
„Hier, wo des Völkerbundes Schwert einschlug,
Auch kämpften unsre Landsleut' an dem Tag!"
Und das ist viel — und Alles, was nicht schwinden mag.

36. Da fiel der größte — nicht der schlechtste Mann,
Deß Geist von Gegensätzen schroff gelenkt
Jetzt nach dem höchsten Ziel gestrebt und dann
Mit gleicher Kraft in's Kleinste sich versenkt,
Stets maßlos! Wenn du mitten dich beschränkt,
Wär noch der Thron dir oder nie verliehn,
Denn Kühnheit hob und stürzte dich; sie drängt
Dich stets zur Flucht, um auf der Weltenbühn'
Als Kaiser nochmals donnerschütternd hinzuziehn.

37. Erobrer erst, Gefangner nun der Welt,
Die noch du schreckst, denn nie war je so viel
Wie jetzt mit deinem Namen Furcht gesellt,
Wo du nichts bist, als nur der Fama Spiel,
Die — einst dir unterthan — dein Stolzgefühl
Mit Schmeicheln nährte, bis ein Gott zu sein
Du dich gedünkt; und gleichem Wahn verfiel
Der Fürsten blinde Schaar, die lang' allein
An das geglaubt, was ihr geprägt dein Ausspruch ein.

38. Du mehr und wen'ger als ein Menschgebild:
Mit Völkern kämpfend — fliehend vom Gefecht;
Jetzt Fürstenhäupter niedertretend wild,
Dann fügsam wie dein niedrigster Kriegsknecht.
Du stürztest Reich' und übtest Herrscherrecht
Und bliebst doch Sklav der kleinsten Leidenschaft;
Bei tiefer Menschenkund' hast du nie recht
Dich selbst erkannt, der Kriegslust nie entrafft,
Ohn' Acht, daß am Geschick erlahmt die höchste Kraft.

39. Doch wohl bestand dein Geist die Gegenfluth
Mit der Philosophie, die — ob sie scheint
Nun Klugheit, Kaltsinn, oder Stolzesmuth —
Voll Wermuth ist und Galle für den Feind;
Wie er in Haß umstand dich und gemeint
Zu sehn dein Zittern, hast du seinen Hohn
In Ruh und Duldung lächelnd nur verneint,
Und als Fortuna floh den Lieblingssohn
Trotzt' ungebeugt er noch der Bosheit schwerem Drohn.

40. So warst du klüger, als im Glück, denn da
Trat dein ehrsüchtger Stolz zu sehr an's Licht,
Mit dem die Menschen du verachtet, — ja
Mit Recht; doch weiser war's nur fühlen, nicht
Dies tragen stets auf Lipp' und Angesicht
Und schmähn den Arm, der stützen dich gemußt,
So arg, bis er zum Sturz sich um dich flicht.
Wie werthlos einer Welt Gewinn — Verlust,
Dir ward's wie Jedem, der solch Loos erwählt, bewußt!

41. Wenn du, gleich einem Thurm auf steiler Wand,
Gestanden und gefallen wärst allein,
Dann bot dein Stolz dir Hilf' im Widerstand;
Doch räumte Menschenwahn den Thron dir ein,
Nur sein Bewundern konnte Halt dir leihn:
Du warst wie Philipps Sohn, doch nicht bereit,
Diogenes im Menschenspott zu sein, —
Du hätt'st denn abgelegt dein Purpurkleid —
Die Erd' ist doch für Fürstenchniker zu weit.

42. Doch Ruh ist rühr'gen Herzen Höllenpein,
Und das war dein Verderben; eine Gluth
Und Wallung birgt die Seele, die nicht ein
Sich engen läßt und der nur Mittelgut
Für ihr Verlangen kein Genüge thut:
Einmal entflammt, für immer unlöschbar,
Sie giert nach hohem Wagniß und ihr Blut
Nur thatlos stockt, — ein Fieber voll Gefahr
Für Jeden, der damit behaftet ist und war.

43. Das schafft die Tollen, die dann steckten an
Die Menschen mit: Erobrer, Kön'ge und
Der Sekten und Systeme Gründer; dann
Sophisten, Dichter, Räth', und mehr im Bund,
Die zu stark wühlen in der Seelen Grund
Und Narren derer sind, die sie bethört;
Beneidet, doch mit Unrecht, denn wie wund
Ist ihre Brust! Läg ein' entblößt, belehrt
Die Menschheit wär, wie wenig Glanz und Herrschaft werth.

5

44. Ihr Odem ist Erschüttrung, ihre That
Ein Sturm, der erst sie trägt, zu Fall dann bringt;
Doch so gewohnt sind sie des Kampfes Pfad,
Daß wenn nach allen Mühn ihr Tag versinkt
In stille Dämmrung, sie mit Pein durchdringt
Die träge Rast, die ihre Kraft verzehrt
Gleich einem Licht, das nahrlos rasch verschlingt
Sein eignes Flackern, oder wie ein Schwert,
Das in der Scheid' unrühmlich wird vom Rost zerstört.

45. Wer Berg' erklimmt, der sieht die höchsten Höhn
Am meisten von Gewölk und Schnee umhüllt,
Wer ob der Menschheit steht und herrscht, muß sehn
Herab auf all den Haß, der drunten schwillt;
Ob oben hoch glänzt Ruhmes Sonnenschild
Und unten tief sich breitet Land und Meer,
Um ihn starrt eis'ger Fels und toben wild
Die Stürme auf sein nacktes Haupt daher:
Und so lohnt sich der hohe Stand, erkämpft nur schwer.

46. Doch fort mit diesen: Aechte Weisheit sprießt
Aus eigner Schöpfung und im Schoos allein
Von dir, Natur! Denn wer wie du erschließt
So reich die Höhn an deinem hehren Rhein?
Dort Harold schaut ein göttlich wirkend Sein
In Schönheit wechselnd: Strom und Thal verstrickt,
Obst, Laubwerk, Fels, Wald, Kornfeld, Berg und Wein,
Manch öde Burg, die ernste Grüße nickt
Von grauer Wand, wo noch Verfall mit Grün sich schmückt.

47. So steht sie da, wie steht ein hoher Geist
Vom Pöbel wohl verletzt, doch ungebeugt
Ganz leer, bis auf den Wind, der Lücken reißt
Und wenn die schwarze Wolke durch sie streicht.
Einst jung und stolz sie hoch ihr Banner zeigt',
Indeß tief unten tobte Kampfgewühl;
Doch die da fochten, sind im Grab verbleicht,
Und das da wehte, längst zu Staub verfiel,
Und ihre Zinnen sind nie mehr des Stürmens Ziel.

48. In solcher Veste, hinter ihrem Wall
Haust' unbezähmter Kraftstolz; kampfbereit
Hielt jeder Raubherr seine Waffenhall'
Und trieb den Uebermuth nicht minder weit,
Als mächtigere Helden früher Zeit.
Was fehlt ihm, um Erobrern gleich zu sein?
Daß ihn der Chronik käuflich Blatt nicht weiht?
Ein größrer Thatkreis, prächtger Leichenstein?
Ihr Streben stimmt in Drang und Kühnheit überein.

49. Wie mancher tapfre Held da im Turnier
Und in den Fehden stritt, der nie genannt!
Und Liebe, die zum Dank mit sinnger Zier
Des Siegers Schild voll Hochgefühl umwand,
Glitt schmelzend durch der Herzen Eisenband;
Doch wild noch flammte sie und fachte an
Von neuem Streit und Mord, so nah verwandt,
Und manch ein Thurm, den Minnekampf gewann,
In Schutt sah, wie der Rhein oft unten blutig rann.

50. Du aber, Strom voll Lust und überreich!
Machst deine Fluth zum Segen, wie sie schwellt
An Ufern, deren Schönheit ewig gleich,
Wenn deine Schöpfung nicht der Mensch entstellt'
Und nicht die Saat, die ihrem Schooß entquellt,
Mit scharfer Sichel mäht' in bösem Zwist;
Dann wär dein holdes Thal auf dieser Welt
Der Himmel schon; und daß es mir so ist,
Was fehlt dir selbst noch jetzt? — Daß du nicht Lethe bist.

51. Von tausend Schlachten war dein Bord umstürmt,
Doch sie und halb ihr Ruhm sind nun verhallt,
Und Leichen hatt' ihr Blutbad hoch gethürmt:
Was sind sie, und wo ruhn im Grab sie kalt?
Das frische Blut wusch deine Fluth alsbald
Spurlos hinweg und sie strömt klar und mild
Im Sonnenlicht, das blitzend sie umwallt;
Doch über der Erinnrung düstres Bild
Umsonst sie rollen würd', ob mächtig auch sie schwillt.

52. So Harold sprach bei sich und schritt entlang,
Doch fühllos nicht für Alles, was erweckt
Die muntern Vögel hier zum Frühgesang
In Thälern, wo Verbannung selbst nicht schreckt:
So sehr mit Furchen seine Stirn bedeckt
Und stiller Ernst dem wohl weit feurigern,
Nur leichtern Sinne Schranken hat gesteckt,
Blieb ihm die Freude doch nicht immer fern
Und er spürt' ihren Hauch bei solchen Scenen gern.

53. Noch auch mied Lieb' ihn ganz, wiewohl die Gluth
Der Leidenschaft in ihm war längst geschweigt.
Umsonst der Blick mit Kält' auf denen ruht,
Die hold uns lächeln zu, denn endlich weicht
Sie doch der Güte, wenn auch Ekel scheucht
Dabei die Sinnlichkeit: So er empfand,
Da mild Gedenken, süß Vertraun erzeigt
Ein Herz ihm, das er gern an seins gebannt,
Und dem er sich in weichrer Stund' oft zugewandt³).

54. Und lieben lernt' er — weßhalb weiß ich nicht,
Denn seltsam ist's bei Menschen so wie er —
Ein hilflos Kind von ros'gem Angesicht⁴),
Ja selbst noch Säugling: wie bewirkt nunmehr
Solch Umschlag eines Sinns, der sonst so sehr
Voll Menschenhaß, darauf kommt wenig an:
So war's, und ob in Einsamkeit auch schwer
Geknickte Leidenschaft frisch treiben kann,
Wuchs dieß', als Alles welk, zu vollem Trieb heran.

55. Und, wie gesagt, ein Herz folgt' ihm bereit,
Dem seins verknüpft mit stärkern Fesseln war,
Als durch der Kirche Band. Auch ungeweiht
War diese Liebe rein und blieb sogar
In ärgster Feindschaft Gluth unwandelbar;
Und selbst wo sich erschreckt wohl abgewandt
Zumeist ein weiblich Aug', in der Gefahr
Ward fester dies: drum sei aus fremdem Land
Von seiner Seel' an ihre dieser Gruß gesandt!

1. Der Drachenfels dräut burgbekrönt
Hoch ob dem weit geschwungnen Rhein,
Deß breite Wogenbrust sich dehnt
In Ufern, die bedeckt mit Wein;
Und Höhn an Blüthenbäumen reich,
Und Au'n voll Reb= und Saatengrün,
Und Städte, die rings im Bereich
Mit weißen Zinnen fernhin glühn:
Dies giebt ein Bild, das brächte mir
Gedoppelt Lust, wärst du mit hier!

2. Und lächelnd manche Bauernmaid
Blauäugig durch dies Eden geht,
Die duftge Frühlingsblumen beut.
Von oben, dicht von Grün umweht,
Oft eine graue Burgruin',
Hier steiler Fels und da manchmal
Ein edler Bogen, morsch doch kühn,
Schaun in das rebenlaubge Thal;
Doch eins vermiß ich hier am Rhein:
Nicht Hand in Hand mit dir zu sein!

3. Maiblümchen, die gegeben mir,
Send' ich, ob sie auch längst verdorrt,
Bevor sie hingelangt zu dir;
Doch wirf die Gab' auch so nicht fort,
Denn meine Lieb' ist drin versenkt,
Weil sie doch wohl dein Auge grüßt
Und deine Seele zu mir lenkt,
Wenn du sie dort entblättert siehst
Und denkst, daß sie gepflückt am Rhein
Und dir mein Herz sie wollte weihn!

4. Der Strom erhaben schäumt und fließt
Voll Reiz durch diesen Zaubergrund,

Und tausendfach gewunden gießt
Er reiche Schönheit aus im Rund;
So stolz ein Sinn, wohl wünscht' auch er,
Für's Leben froh zu weilen hier,
Denn keine Stätt' auf Erden wär
So theuer der Natur und mir,
Wenn dein lieb Auge dürst' am Rhein
Noch höhern Glanz den Ufern leihn!

56. Bei Koblenz steigt ein Hügel sanft empor,
Auf dem ein Obelisk, einfach und klein,
Ragt über den begrünten Hang hervor;
Dort ruht von einem Helden das Gebein,
Der Feind uns war, — doch laßt uns Ehren weihn
Trotzdem Marceau! deß frühes Grab getränkt
Mit Thränen schwer der rauhen Krieger Reihn,
Solch Loos beneidend selbst in Schmerz versenkt,
Weil ihm der Tod im Kampf für Frankreichs Recht geschenkt.

57. Kurz, brav und glorreich war sein junger Flug,
Zwei Heere, Freund und Feind, beweinten ihn,
Und wohl ziemt Wandrern hier ein Halt zum Spruch:
Daß sanfte Ruh dem biedern Geist verliehn,
Und als der Freiheit Kämp' er stets erschien,
Der Wen'gen einer, die gemißbraucht nicht
Das Rächeramt, womit sie hat beliehn,
Die ihre Waffen tragen; rein und schlicht
Blieb er, und drum ward ihm gezollt der Thränen Pflicht.

58. Hier Ehrenbreitstein mit zerriss'nem Wall,
Geschwärzt vom Minendampf, zeigt sogestalt
Noch was es war, als der Geschütze Ball
Von seiner Stärke fruchtlos abgeprallt:
Des Sieges Burg! die sah schon mannichfalt
Geschlagner Feinde Flucht weit durch's Gefild;
Doch Frieden brach, was trotzte Kriegsgewalt,
Und legte bloß dem Thau der Dächer Schild,
Das lang' umsonst vom Eisenhagel ward umbrüllt.

59. Lebwohl du schöner Rhein, wo lange froh
Der Pilger weilen möcht' auf seinem Pfad!
Du bist für einsam Sinnen ebenso
Wie für vereinte Seelen recht die Statt;
Und wenn der Selbstqual gier'ger Geier satt
Vom Fraß wo ruhen könnte, hier es wär,
Wo die Natur, zu grell nicht, noch zu matt,
Wild, doch nicht rauh, nicht streng und dennoch hehr,
Der Erd' ist, was dem Jahr des Herbstes Wiederkehr.

60. Nochmals Lebwohl! obschon umsonst es klingt,
Denn von dir lassen würd' unmöglich sein,
Da fest dein Farbenbild die Seel' umschlingt;
Und wenn der Blick sich wendet nur mit Pein
Von deiner lieben Sicht, anmuthger Rhein!
Er doch den Abschiedsgruß voll Dank dir weiht.
Ob prachtgewaltger manche Stätt' erschein',
Ist keine zum Gesammtschmuck doch gereiht
So leuchtend, schön und mild: die Glorien alter Zeit,

61. Verfallne Größe, Blüthen voller Frucht
Für künftge Reise, weißer Städte Schein,
Des Stromes Wogen, düstre Bergesschlucht,
Walddickicht, gothisch Bauwerk zwischenein,
Und Felsgebild', als sollten's Thürme sein
Zum Spott auf Menschenkunst, und zu dem all
Ein Volksstamm, heiter wie dein Thal, o Rhein!
Das Allen hier verleiht der Gaben Schwall,
Der noch von dir ausströmt trotz naher Reiche Fall.

62. Doch weicht dies: Ueber mir die Alpen stehn,
Naturpaläste, deren Prachtbau weit
Mit schnee'gen Firsten ragt in Wolkenhöhn,
Wo in Eishallen thront die Ewigkeit
In kalter Größ' und die Lauine breit
Sich ballt und stürzt — ein Donnerkeil von Schnee!
Was hoch den Geist erhebt, doch schreckt gleichzeit,
Krönt diese Gipfel, daß sich dran erseh,
Wie Erd' im Himmelsschoos, der Mensch tief drunter steh.

63. Doch eh die ew'gen Höhn ich klimm' hinan,
Sei achtlos nicht die Stätte übersehn
Von Murtens stolzer Freiheitsschlacht, wo man
Sieht geisterhaft Erschlagener Trophä'n,
Doch schamroth ob dem Sieg nicht braucht zu stehn;
Burgund ließ unbestattet hier sein Heer,
Ein Beingehäuf, das Jahre nicht verwehn,
Sie selbst ihr Mal; grablos am Styx umher
Sie irrten, jedes Schatten Gang umklagend schwer.

64. Wenn Waterloo wie Cannä's Blutbad groß,
Ist Murten eng mit Marathon verwandt:
Beid' ächten Ruhmes Siege fleckenlos,
Erkämpft von Ehrsucht fern mit Herz und Hand
Von tapfrer Bürger Schaar im Bruderband,
Von feilen Söldnern nicht für Herrschermacht
Im Kerne faul. Von ihnen ward kein Land
In Jammer um das Hohngesetz gebracht,
Das Königsrechte göttlich spricht bei strengster Acht.

65. Da, nächst einsamer Wand einsamre Säul'
Aus alten Tagen ragt mit düsterm Schein;
Es ist vom Wrack der Jahr' ein letzter Theil
Und schaut wie mit wildirrem Blick darein
Gleich Einem, der vor Schreck erstarrt zu Stein,
Doch noch Bewußtsein hat. So hält sie Stand,
Ein Wunder, daß sie noch kann aufrecht sein,
Wenn der gleichzeitge Stolz der Menschenhand,
Aventicum⁵), mit Schutt deckt sein Vasallenland.

66. Und Julia dort — o heilig sei ihr Nam'
Als Tochter, Priestrin! — ihre Jugend gab
Dem Himmel hin; ihr Herz brach unter'm Gram
Ob höherm Spruch auf ihres Vaters Grab.
Das Recht beugt kein Erflehn, sie rang ihm ab
Dies Leben nicht, es fiel gerechtem Loos,
Und so starb sie mit ihm, der war ihr Stab;
Einfach war ihre Gruft und büstenlos
Und Beider Herz und Staub birgt einer Urne Schoos.

67. Wohl sollten solche Thaten nie verwehn,
Noch schwinden solche Namen, wenn auch weiht
Die Welt mit Recht der Staaten Untergehn,
Der Herr'n und Sklaven Thun — Vergessenheit;
Der Tugend firnenhoh' Erhabenheit
Sollt' und wird überleben all ihr Weh
Und schaun empor aus der Unsterblichkeit
In's Sonnenlicht, wie jener Alpenschnee
Glänzt unvergänglich rein ob jeder niedern Höh'.

68. Mich lockt des Lemansees krystallner Blick,
Der Spiegel, drin erschaun Gebirg und Stern'
Ihr ruhig Bild, das deutlich giebt zurück
Die klare Tief', ist Höh und Farb' auch fern.
Nur sind zu viel der Menschen hier, um gern
Mich dieser Schau zu weihn; doch bald erneun
Wird Still' in mir Gedanken, deren Kern
Verhüllt auch mußte lieb wie sonst mir sein,
Eh im Gemisch der Heerd' ihr Pferch mich engte ein.

69. Die Menschen fliehn noch nicht sie hassen heißt,
Nicht Jeder schickt sich für ihr Tummelfeld,
Noch ist es Mißmuth, birgt sich tief der Geist
In seinen Quell, daß er nicht überwellt
Vom heißen Drang, wo er zur Beute fällt
Der Ansteckung, bis dann zu lang und spät
Er klagen mag und in streitsüchtger Welt,
Vergeltend Böses nur mit Bösem, stet
Muß stehn zum Kampf, wo keiner Kraft der Sieg geräth.

70. Da kann ein Augenblick der Jahre Gut
Zu tödtlich Leid ertränken, rostger Brand
Der Seel' in Thränen wandeln unser Blut
Und tief umnachten unsrer Zukunft Land;
Zu hoffnungsloser Flucht sind dann gewandt,
Die so im Finstern wandeln: auf dem Meer
Der Kühnste fährt nur nach bekanntem Strand,
Doch auf der Ewigkeit manch Wanderer
Schifft fort und fort dahin und landet nimmermehr.

71. Ist's drum nicht besser, daß allein ich bin
Und die Natur blos finde liebenswerth?
Wo pfeilschnell strömt die blaue Rhone hin,
Und an dem See, deß reine Brust sie nährt
Gleich einer Mutter, die sich treu bewährt
In Sorgen um ein hold doch mürrisch Kind
Und küssend seines Schreies Ausbruch wehrt:
Ist's besser nicht, daß so das Leben schwind',
Als daß im Weltdrang es voll Haß und Gram verrinnt?

72. Nicht in mir selbst leb' ich: von dem was um
Mich her, werd' ich ein Theil, und voll Gefühl
Ist mir das Hochgebirg, doch das Gesumm
Der Städte Qual; an der Natur mißfiel
Mir nichts, als daß mich da noch hemmt zu viel
Des Fleisches Kett' als widerwillig Glied
Im Schöpfungsring, wenn sich die Seel' als Ziel
Erwählt die Luft, die Höhn und das Gebiet
Von Meer und Sternen, und umsonst nicht dahin flieht.

73. Und das ist Leben, löst sich so das Sein;
Zurück ich auf die Menschenwüste seh,
Als einen Wohnplatz voller Streit und Pein,
Wohin ich sündenhalb zu Straf' und Weh
Geworfen, doch zuletzt daraus ersteh
Mit frischem Fittich, der erst schwach sich regt,
Doch freudgen Flugs, erstarkend an der Bö,
Mit der er ringen muß, dann hoch mich trägt
Und ab die Staublast streift, die kalt sich um uns legt.

74. Und ist der Geist von Allem dann befreit,
Was ihm an dieser Mißform hassenswerth,
Vom Fleischesleben, außer was gedeiht
Zum bessern Dasein an der Würmer Heerd, —
Wenn wieder Stoff zum Stoff zurückgekehrt
Und Staub zum Staub: werd' ich dann sehn nicht blos,
Auch fühlen Alles mehr und mehr verklärt?
Der Seele Hauch? den Geist im Weltenschoos?
Mit dem ich theil' auch hier schon ein unsterblich Loos.

75. Sind nicht Gebirge, Wogen, Lüft' ein Theil
Von meinem Sein, wie ich von ihnen bin?
Fühl' ich darin nicht selbst ein lautres Heil?
Muß nicht verachten jedes Ding mein Sinn,
Das ich damit vergleich', und immerhin
Mit Schmerzen ringen eh'r, als solch Gefühl
Verbannen für den zeitlichen Gewinn
Des Phlegma's derer, die an niederm Ziel
Nur haften, höh're Regung scheun und bleiben kühl?

76. Doch schweif' ich ab; ich kehre drum zurück
Zur Wirklichkeit und bitte den, der weiht
Betrachtung gern der Urne, daß er blick'
Auf Eine, deren Asch' einst flammte weit
Als Sohn des Landes, wo für eine Zeit
Die reine Luft ich athm' — ein flüchtger Gast —
Wo er ein Wesen ward, das sich kasteit
Berühmt zu sein; er trieb's zur Narrheit fast
Und brachte diesem Drang zum Opfer jede Rast.

77. Hier sog Rousseau — Sophist aus wildem Hang,
Der Schmerzapostel, der die Leidenschaft
Umhüllt mit Zauber und dem Weh entrang
Beredtsamkeit voll Macht — zuerst den Saft,
Der elend ihn gemacht, doch auch die Kraft,
Die Wahnsinn selbst verschönt und Glorienschein
Noch um Verirrungen in Worten schafft,
Die Sonnenstrahlen gleich in's Aug' hinein
Erglühn und es mit innigen Thränen überstreun.

78. Sein Lieben war nur Gluth: er war wie ein
Vom Blitz entflammter Baum, von Himmelsbrand
Entzündet und versengt, denn so zu sein
Und blos verliebt er ganz gleichartig fand.
Denn für Lebendge war er nicht entbrannt,
Für Todte nicht, die uns im Traum erstehn:
Er liebt' ein Schönheitsideal, das stand
Lebendig wahr in ihm, und das wir sehn,
Beinah zu grell, durch seine glühnden Schriften gehn.

79. Dies kam in Julien auch zum Selbsterguß,
Umwand mit Allem sie, was wild und süß;
Dies heiligte auch den bekannten Kuß,
Den fiebernd er sich täglich geben ließ
Von ihr, die doch nur Freundschaft ihm verhieß.
Doch mit dem sanften Druck die Lieb' in Brust
Und Hirn versengend ihre Fackel stieß:
Solch glühnder Hauch weckt wohl mehr Himmelslust,
Als je im Vollgenuß gemeinem Sinn bewußt.

80. Krieg war sein Leben, weil er allwärts hin
Sich Feinde schuf, mit Freunden sich entzweit;
Ein Heiligthum des Argwohns ward sein Sinn,
Dem er die Menschheit als Blutopfer weiht',
Auf die mit blinder Wuth er Geifer speit.
Doch Wahnsinn war's, — wer weiß, wovon dies kam?
Die Ursach fand noch kein' Erfahrenheit:
Ja, Wahnsinn war's, aus Krankheit oder Gram,
Im schlimmsten Grad, da er sich wie Vernunft ausnahm.

81. Begeistert war er dann und hat entsandt,
Wie Pythia einst aus dunkler Grotte her,
Orakel, die die Welt gesetzt in Brand,
Bis Königreiche nicht bestanden mehr.
That er dies nicht für Frankreich, das vorher
Sich beugt' alt angeborner Tyrannei?
Geknickt und zitternd trug solch Joch es schwer,
Bis sein und seiner Mitverbundnen Schrei
Es trieb zum höchsten Grimm, der folgt erzwungner Scheu.

82. Ein grausig Monument sie setzten sich!
Das Wrack von Satzungen, die aufgestellt
Vom Zeitbeginn; durch sie der Schleier wich
Und was dahinter lag ersah die Welt.
Doch Gutes auch mit Schlechtem ward zerschellt,
Nur Trümmer blieben, um daraus erneut
Zu baun auf einem und demselben Feld
Die Thron' und Kerker, die zu gleicher Zeit
Wie sonst gefüllt, weil Ehrsucht selbstwillig gebeut.

83. Doch währt dies nicht, wird nie erduldet lang
Die Völker fühlten Stärk' und nutzten die;
Sie konnten's besser thun, jedoch im Drang
Der neuen Kraft bekämpften grausam sie
Einander, und Erbarmen nicht mehr lieh
Ihr sonst so mild Gemüth. Sie, die beschränkt
Der Unterdrückung Kerkernacht von früh,
Sie waren Adler nicht, im Licht getränkt,
Was Wunder, daß in falsche Fährten sie gelenkt?

84. Welch tiefe Wunde narbenlos versiegt?
Das Herz am längsten blutet und entstellt
Nur heilt es zu; und wer im Kampf erliegt
Mit eignen Wünschen, der blos stumm verhält
Doch beugt sich nicht. Im Innern bleibt geschwellt
Der Schmerzenshauch, bis einst die Stund' erwacht,
Die Jahre sühnt; der Trost für Jeden quellt:
Sie kam und kommt, muß kommen, jene Macht
Zu strafen — zu verzeihn, wird dies auch schwer vollbracht.

85. Du klarer Lemansee bist im Contrast
Zur wilden Welt, wo ich gelebt, ein Bild,
Deß Frieden mich gemahnt zu suchen Rast
Aus trüber Fluth da wo sie reiner quillt.
Dies Segel sanft gleich leisem Fittig schwillt,
Dahin zu tragen mich; das stürm'sche Meer
Einst liebt' ich, doch dein Murmeln tönet mild
Wie einer Schwester Scheltwort zu mir her,
Wenn manchmal mich erregt ein stark Gelüst zu sehr.

86. Still webt die Nacht, und zwischen deinem Rand
Und dem Gebirg weich dämmernd nur zu sehn
Ist Alles, aber deutlich noch erkannt,
Nur nicht des finstern Jura platte Höhn
Mit schroffem Hang; vom nah'nden Ufer wehn
Lebend'gen Duft die Blumen, frisch geschwellt
Vom Jugendhauch; in's Ohr tropft leis Getön
Vom Naß, das vom erhobnen Ruder fällt,
Und dort auch die Cikad' ein Gutnachtständchen gellt.

87. Sie ist ein Abendschwärmer, die ihr Sein
Zur Kindheit macht und sich zur Güte singt;
In Pausen stimmt vom Busch ein Vogel ein
Mit einem Ton, der im Moment verklingt;
Wie Flüstern sich's entlang dem Hügel schwingt, —
Doch das ist Wahn: sternhell doch lautlos nur
Des Thaues Liebestbräne niedersinkt
Und weint sich weg, bis tief erglüht die Spur
Von ihrem Farbengeist im Busen der Natur.

88. Ihr Sterne, Himmelspoesie so rein!
Schaun wir in eurem goldnen Buch das Loos
Der Reich' und Menschen, ist's wohl zu verzeihn,
Wenn wir im Sehnsuchtsdrang, zu werden groß,
Erweitern unsern Thatkreis grenzenlos
Und euch verwandt uns dünken; denn eur Kern
Ist Schönheit und Mysterium und ringt los
Zu solcher Lieb' und Ehrfurcht uns von fern,
Daß Glück, Ruhm, Macht und Leben selbst genannt ein Stern.

89. Still Erd' und Himmel sind, doch schlummernd nicht,
Nur odemlos, wie wir im Hochgefühl,
Und stumm, wie unsre Seele mit sich spricht.
Still Erd' und Himmel sind: vom Sterngewühl
Bis zu dem ruhnden See und Rasenpfühl
Schweigt Alles in ein innres Sein versenkt,
Wo Lufthauch, Strahl und Blatt nicht bloßes Spiel,
Vielmehr Bestandtheil ist und dessen denkt,
Der Schöpfer ist des Alls und es als Schützer lenkt.

90. Da dehnt der Geist die Schwingen endlos weit,
In Einsamkeit am wenigsten allein;
Die Klarheit, die sie unserm Sinn verleiht
Und die ihn läutert, ist ein Ton goldrein,
Des Wohllangs Seel' und Quell, der uns muß weihn
Zu ewger Harmonie und Zauber schafft,
Der wie Kytherens Mährchengürtel ein
In Schönheit Alles hüllt: — dem Tod entrafft'
Es selbst die Macht, wenn er noch hätte wirklich Kraft.

91. Der alte Perser machte zum Altar
Nicht ohne Grund sich hoher Berge Stand
Mit weiter Sicht, der wandlos recht ihm war
Ein Tempel, wo zum Geist er sich gewandt,
Für dessen Ehr' ein Werk von Menschenhand
Nicht gnügt. Komm und vergleich den Götzenheerd
Und Säulenbau, den Goth' und Griech' erfand,
Mit der Natur Bet-Hallen, Luft und Erd',
Und knüpf' an eitle Mauern nicht der Andacht Werth.

92. Welch Wechsel der Natur jetzt! Sturm und Nacht
Und Dunkel, furchtbar ernst seid ihr im Drang,
Doch schön in eurer Kraft, wie sie entfacht
Ein dunkles Frauenauge! Weit entlang
Von Wand zu Wand springt greller Donnerklang
Im krachenden Gestein! Die Wolke nicht
Blos — jeder Fels sich eine Stimm errang;
Und Antwort Jura giebt aus Nebelschicht
Den freudgen Alpen, deren Mund laut zu ihm spricht.

93. Und das ist in der Nacht: — O hehrste Nacht,
Die nicht gesandt zum Schlummer! Laß mich sein
Gefährte deiner maßlos wilden Pracht,
Ein Theil vom Sturm und dir! Jetzt sprüht wie ein
Phosphorisch Meer der See im Widerschein
Und dicht der Regen tanzend kommt zur Erd',
Und dann ist's wieder schwarz — und laut sich freun
Die Hügel beim Gejauchz vom Wetterheerd
Wie über ein Erdbeben, das sich neu gebärt.

94. Da, wo die Rhone ihren Weg sich spellt
Durch Höhn, die aussehn wie ein Liebespaar,
Das schied in Haß und solche Kluft fern hält,
Daß nichts sie eint, bricht drob das Herz sogar!
Und doch in ihrer Seelen Zwiespalt war
Die Lieb' allein der Keim zum tiefen Groll,
Der ihres Lebens Blüth' auf immerdar
Erstarrt' und ihnen blos noch Jahre voll
Von Wintern ließ, wo ihre Brust von Selbstqual schwoll.

95. Ja wo die Rhone sich gespellt den Weg
Hat der Gewitter stärkstes seinen Stand,
Denn nicht blos eins, nein mehr noch sind da reg'
Und werfen schmetternd rings von Hand zu Hand
Die Donnerkeil' umher; der Jovisbrand
Des schönsten zackt durch die gespaltnen Höhn,
Als dächt' es, daß wo solche Kluft entstand
Durch der Verwüstung Werk, auch untergehn
Im Gluthstrahl sollte Alles, was da blieb noch stehn.

96. Luft, Berg' und Strom, See, Wind' und Blitze ihr
Mit Wolken, Nacht und Donner! und gleichzeit
Ein Geist, der mit euch fühlt, — wohl mag dies hier
Mich halten wach: das Tönen eures weit
Hinschwindenden Gerolls klingt wie Geläut
Von dem, was auch im Ruhn mich schlaflos läßt.
Doch wo, ihr Stürm'! ist euch ein Ziel bereit?
Seid rastlos ihr, wie die der Seel' entpreßt?
Ruht ihr zuletzt wie Adler aus im hohen Nest?

97. Könnt' ich verkörpern und klar stellen hin,
Was mich zumeist erfüllt, — könnt ich verleihn
Dem Innern Ausdruck und so fassen Sinn,
Gemüth, Herz, Leidenschaft, Gefühl, all mein
Erstreben und was ich empfind' allein,
Weiß, duld' und grüble — in ein einzig Wort,
Und wär dies Blitz: ich spräche; doch tief drein,
Wie in der Scheid' ein Schwert, im Busenhort
Ruht mein Gedank' und ungehört so leb' ich fort.

98. Der Morgen lehrt zurück, vom Thau so feucht,
Mit Weihrauchduft und blühndem Angesicht;
Muthwillig lächelnd er die Wolken scheucht,
Voll Lust, als trüg' ein Grab die Erde nicht,
Zum Tag erglühend. Des Berufes Pflicht
Wir mögen wieder leben; und auch ich
Find' in des Lemanufers schöner Sicht
Noch zur Betrachtung Stoff genug für mich,
Und ihn zu sichten lohnt wohl ein Verweilen sich.

99. Hold Clarens! inn'ger Liebe Heimathsort,
Durch deine Luft der Sehnsucht Odem zieht,
Der Baum in Lieb' hier wächst, die Firnen dort
Hat sie mit ihren Farben angeglüht,
Und leuchten sie die Sonne scheidend sieht
In ros'ger Pracht; das starre Felsgestein
Spricht hier von Liebe, die gesucht da Fried'
Und Zuflucht vor der Welt, die erst zum Schein
Die Seel' umschmeichelt und verspottet hinterdrein.

100. Clarens! du trägst rings ew'ger Gottheit Weihn, —
Der Liebe! die hier einen Thron besteigt,
Deß Stufen Berge sind, wo Allem ein
Sie Licht und Leben prägt, nicht blos sich zeigt
Auf jenen Höhn, zu Grott' und Wald nur neigt:
Ihr Aug' aus jeder Blume funkelnd lacht,
Ihr Hauch ein mildes Frühlingswehn erzeugt,
Das übertrifft mit seiner süßen Macht
Die Kraft des Sturms, wenn er den höchsten Grimm entfacht.

101. Von ihr kommt Alles hier: vom Tannenwald,
Der droben sie umschattet, vom Getos
Des Bergstroms, wo sie lauscht, abwärts sie wallt
Den Rebenpfad zum See, aus dessen Schoos
Die Welle sich ihr zuneigt, mit Gekos'
Umrauschend ihren Fuß; und aufrecht beut
Der Hain die alten Stämme — grau von Moos,
Doch die noch schmückt ein frisch grün Blätterkleid —
Ihr und den Ihren als belebte Einsamkeit:

102. Belebt von Bienen, Vögeln und noch viel
Geschöpfen, Elfen gleich und bunt geschminkt,
Die Lob ihr tönen, süßer dem Gefühl,
Als Wort', und jedes froh dahin sich schwingt,
Harmlos, voll Leben; leis' ein Quell hier springt,
Dort laut der Gießbach stürzt und wirr verzweigt
Schwankt das Geäst, und aus der Knospe bringt
Der Schönheit flücht'ger Traum. All dies erzeugt
Im Bund hat Lieb' und so ihr hohes Ziel erreicht.

6

103. Wer nie geliebt, hier würd' es ihn gelehrt,
Vergeistigend sein Herz, wer schon gekannt
Solch zarte Kunst, der fühlt sie hier gemehrt,
Da dies der Lieb' Asyl, wohin sie baunt
Fruchtlos die wüste Welt, der Menschen Tand.
Zu Wachsthum oder Tod allein bereit
Steht sie nicht still, welkt, wenn sie nicht erstand
Zu unbegrenztem Segen, der sich reiht
Den ewgen Sternen an durch sein' Unendlichkeit.

104. Aus Laun' hat Rousseau nicht den Fleck erwählt
Und wunderreich belebt; er gab sich kund
Als Schauplatz ihn:, wo Liebe tief beseelt
Des Geist verklärte Wesen, als den Grund,
Wo Eros löste seiner Psyche Bund
Und ihn mit Anmuth weihte; hier gesellt
Sich Still' und Innigkeit und athmet rund
Nur lauter Lieblichkeit; die Rhone schwellt
Zum Ruhbett und die Alpen sind zum Thron bestellt.

105. Lausann' und Ferney! ihr war't Wohnbereich
Von Namen, die euch einen Ruf verliehn,
Von Männern, die gesucht auf jähem Steig
Den Weg zu ewgem Ruhm und fanden ihn;
Titanen gleich strebt' ihr verwegnes Mühn,
Auf kühne Zweifel riesenhaft zu baun
Gedanken, die des Himmels Zornerglühn
Aufrufen mußten, wenn er nicht zu schaun
Geruhte lächelnd nur auf menschlich Selbstvertraun.

106. Ein Kind, ganz Gluth und Flackern war der Ein'[6]),
Höchst wandelbar von Sinn, doch voller Geist,
Chronist, Gelehrter, Dichter im Verein,
Ernst, heiter, klug und roh er sich erweist
Als Proteus menschlicher Talente, meist
Jedoch im Spott, der wie der Lüfte Sohn,
Wohin es ihn gelüstet, wirbelnd kreist
Und Alles niederwehend jetzt mit Hohn
Den Thoren geißelt, dann erschüttert einen Thron.

107. Der Andr' im Denken sinnig, tief und stät⁷),
Weilt' in Betrachtung, reich an Wissenschaft,
Einheimsend Kenntniß emsig früh und spät,
Und griff mit seines Hohnes spitzem Schaft
Den starren Glauben an voll zäher Kraft,
In Spottsucht Meister, deren Zauberstab
Ihm Feindeshaß, durch Angst gesteigert, schafft'
Und der Zeloten Fluch zur Hölle gab,
Womit sie kurz gefaßt die Zweifler fert'gen ab.

108. Doch ihrer Asche Ruh! Die Strafgebühr,
War die verdient, sie haben selbst verbüßt,
Nicht richten, noch verdammen dürfen wir;
Die Zeit muß kommen, wo sich dies erschließt
Für All' und Freude oder Schreck entsprießt
Auf einem Schlummerpfühl, — in Staubes Schoos,
Der, wie uns ist gewiß, vermodert wüst,
Und wenn er auflebt, wie wir hoffen blos,
Nach Recht empfängt ein mildes oder hartes Loos.

109. Nun fort von Menschenwerk zu dem auf's neu,
Das rings der Schöpfer mir vor Augen hält,
Hinweg vom Blatt, das meine Träumerei
Hier sonst bis in's Unendliche anschwellt.
Die Wolken droben ziehn zum Alpenzelt,
Durch die ich dringen muß, zu schauen licht
Das Alles, was sich mir entgegen stellt,
Steig' ich hinab aus ihrer höchsten Schicht,
Wo sie zum Kuß die Erd' in ihre Arme flicht.

110. Italien, schönes Land! schau ich dich an,
Blitzt in die Seele mir der Glanz der Zeit,
Seit dich der grimme Punier fast gewann
Bis zu der letzten Tage Herrlichkeit,
Die deine Blätter glorienhaft geweiht;
Du warest Thron und Grab von manchem Reich,
Bist noch der Quell, an dem der Geist erfreut
Den Durst nach Wissen stillt, und der so reich
Von Roma's Kaiserberg herabströmt ewig gleich.

111. So weit hab' ich mein Thema fortgespinnt,
Auf deß Erneun kein günst'ger Stern geglüht:
Zu wissen, daß wir nicht wie sonst mehr sind,
Noch auch wie wir sein sollten, — das Gemüth
Erhärten fühlen, stolz sein stets bemüht,
Zu bergen Haß und Liebe, Gram und noch
Manch andre Regung, die die Brust durchzieht
Und sie gezwängt in ein tyrannisch Joch, —
Das ist ein schweres Werk! — Gleichviel, es lernt sich doch.

112. Und diese Worte, so gewebt zum Sang,
Sie sind wohl nur harmloser Trug, das Bild
Von dem, was ich erschaut auf meinem Gang
Und festhielt, daß es manchmal mir verhüllt
Und Andern, was im Busen schmerzlich quillt.
Die Jugend lechzt nach Ruhm, doch ich bin nicht
So jung, daß mir noch viel das Urtheil gilt
Der Welt, ob Lob es oder Tadel spricht;
Ich stand und steh allein, trotz jeglichem Gericht.

113. Ich liebte nicht die Welt, noch mich auch sie:
Ich schmeichelt' ihrem Pesthauch nicht, noch bog
Vor ihren Götzen ich ein fügsam Knie;
Mit Lächeln oder lautem Beifall log
Ich Ehrfurcht für ein Echo nicht, betrog
Die Menge nicht durch Schein, und stand in ihr
Als Fremdling, der nur still für sich erwog
Gedanken, die ihr fremd. Noch könnt' ich's schier,
Befleckt' ich nicht mein Selbst, das sich erniedrigt hier.

114. Ich liebte nicht die Welt, noch mich auch sie,
Doch scheiden wir als offne Feind'! Es giebt,
Ob ich es schon nicht fand, vielleicht wohl hie
Und da ein Herz, das keinen Wortbruch liebt,
Erbarmen hegt und nicht Verführung übt
An schwachen Seelen; ich will glauben auch,
Daß Mancher sich ob Andrer Leid betrübt,
Daß der und Jener was er scheint wohl taug'
Und Güte sei kein Schall, noch Glück ein bloßer Rauch.

115. Mein Kind! Dein Nam' eröffnet dieses Lied,
Mein Kind! mit ihm soll's auch beendet sein.
Ich hör' und seh dich nicht, doch Niemand glüht
So heiß für dich, die Freundin mir allein,
Um die sich der Erinnrung Schatten reihn.
Schaust du auch nie mein Antlitz, o so schallt
Wohl meine Stimm' in deine Träum' hinein
Und in dein Herz, wenn längst das meine kalt, —
Ein Liebesgruß, der deines Vaters Gruft entwallt.

116. Zu leiten deines Geists Entfaltung, und
Zu wachen, wenn dein kindlich Spiel beginnt, —
Zu sehn dein still Erblühn und wie du kund
Der Dinge wirst, die dir ein Wunder sind, —
Dich schaukeln auf den Knieen leicht und lind,
Mit Küssen kosen deiner Wange Sammt: —
Dies Glück scheint mir versagt, mein einzig Kind!
Ich trage selbst die Schuld, — woher sie stammt,
Ich weiß es nicht, doch ward um solch' ich wohl verdammt.

117. Doch ob man bittern Haß als Pflicht dich lehrt,
Ich weiß du wirst mich lieben; ob von dir
Mein Name auch wird eifrig abgewehrt
Als ein verwirktes Recht, ein Fluchwort schier;
Ob sich das Grab schließt zwischen dir und mir,
Es bleibt sich gleich, — du liebtest mich so mehr;
Und könnt' aus deinem Herzen Rachbegier
Mein Blut selbst ziehn, — umsonst doch Alles wär:
Du würdest lieben mich und gäbst dein Leben her.

118. Das Kind der Lieb', — und doch in Weh erzeugt,
In Krampf gesäugt! Dies war der Lebenssaft,
Der deinem Vater — und auch dir gereicht,
Der noch dich nährt; doch deine Leidenschaft
Wird milder sein und stärker deine Kraft.
Sanft sei dein Schlummer! Ueber's Meer von hier,
Wo mich die Berg' erlöst aus schwerer Haft,
Möcht' ich gern senden solchen Segen dir,
Wie seufzend ich gehofft, du würdest spenden mir!

Vierter Gesang.

---

1. Ich stand dort auf Venedigs Seufzerbrück',
Ein Kerker links, rechts ein Palast zugleich,
Ihr Bau stieg aus der Fluth vor meinem Blick,
Gleichwie auf einer Zaubergerte Streich;
Mit dunkeln Schwingen ein Jahrtausend reich
Umgiebt mich und ein bleicher Glanz erhellt
Die ferne Zeit, da manch Vasallenreich
Sah nach des Flügellöwen Marmorfeld,
Wo einst Benetia thront' auf ihrer Inselwelt.

2. Gleich Kybele steigt aus dem Ocean
Sie frisch mit ihrer Mauerkrone Pracht
Hoch in die Luft, mit Hoheit angethan,
Als Herrscherin des Meers und seiner Macht.
Das war sie: — ihrer Töchter Mitgift macht'
Aus Raub an Völkern sie und Schätz' ergoß
In ihren Schoos des Ostens reicher Schacht;
Ihr Kleid war Purpur und ihr Festgenoß
Manch Fürst, deß Würde drum ein höhrer Glanz umfloß.

3. Nicht klingt mehr in Venedig Tasso's Sang,
Stumm rudert ohne Lied der Gondolier,
Verfall beugt die Palläst' am Ufer lang
Und die Musik ist jetzt entschwunden schier;
Die Zeit ist hin, — doch Schönheit weilt noch hier:
Sinkt Staat und Kunst auch, lebt Natur doch fort
Und weiß, wie theuer einst Venedig ihr,
Die schöne Stadt, als reicher Freudenort,
Als Festsaal dieser Erd', Italiens Maskenhort.

4. Doch uns gilt mehr sie noch, als einst sie galt
Der Welt mit ihrem mächtgen Geisterheer,
Das finster um die Stadt in Klagen wallt,
Weil machtberaubt ihr Dogensitz steht leer.
Uns bleibt ein Ruhm, der schwindet nimmermehr
Mit dem Rialt; Pierre, Shylock und der Mohr —
Sie gehn nie unter in der Zeiten Meer,
Die Krönungsstein'! Ob Alles sich verlor,
Blüht neues Leben uns dort aus der Oed' empor.

5. Des Geists Gebilde sind vergänglich nicht,
Ihr Wesen ist unsterblich und es schafft
Und mehrt in unsrer Brust ein höhres Licht
Und beßres Sein; was in der Kerkerhaft
Des Erdenlebens unsrer schwachen Kraft
Versagt das Schicksal, macht es frei,
Bannt und veredelt unsre Leidenschaft,
Erquickt das Herz, deß Knospen starben, neu
Und weckt ein frisches Wachsthum in der Wüstenei.

6. Zu ihnen flüchten wir, wenn hoffnungsmatt
Ist unsre Jugend, unser Alter öd',
Und solch ein Mißmuth füllt gar manches Blatt
Und wohl auch dies, das jetzt vor mir sich bläht;
Doch manches Ding in Wirklichkeit besteht,
Das schöner ist von Farb' und von Gestalt,
Als jemals unsre Phantasie erspäht
Und als der Muse schöpfrische Gewalt
In ihrem Reich erweckt voll Zauber mannichfalt.

7. Ich sah sie oder wähnt' es, — sei's jedoch! —
Sie schienen wahr und schwanden wie erträumt,
Und was sie waren, sind sie jetzt auch noch;
Wohl könnt' ich neu sie schaffen, denn es keimt
In meiner Brust manch Bild, so hell umsäumt,
Wie ich's erhofft und hin und wieder fand.
Genug auch davon, — nennt doch ungereimt
Solch kühne Phantasien der Verstand,
Und andre Tön' und Bilder werden uns bekannt.

8. Mit andern Sprachen macht' ich mich vertraut
Und blieb ein Fremdling nicht an fremdem Ort;
Dem starken Geist vor keinem Wechsel graut,
Er schafft sich überall der Heimath Port,
Wo Menschen sind und ach! wo nicht, auch dort.
Doch ward geboren ich, wo man zu sein
Sich stolz wohl fühlen darf, und mußt ich fort
Vom Schutzeiland der Weisen und der Frei'n
Und eine Heimstatt mir an ferner Küst' erneun:

9. Liebt' ich's doch wohl; und müßt' ich einst im Schoos
Von fremder Erde ruhn, kehrt doch mein Geist
Zu ihm zurück, — wenn uns auch körperlos
Der Freistatt Wahl erlaubt. Ich hoffe dreist,
Daß meines Volkes Stimme mir verheißt
Ein treu Gedächtniß; doch wenn allzukühn
Mein Glaube sich für solch ein Ziel erweist,
Wenn, wie mein Lebensglück, auch schnell nur blühn
Und welken soll mein Ruhm, und würde nie verliehn

10. Mir eine Stätt' im Tempel, wo man ehrt
Die Todten aller Völker — mag es sein!
Schmückt mit dem Kranz ein Haupt von höhrem Werth
Und sei einst des Spartaners Grabschrift mein:
„Manch würd'gern Sohn als ihn nennt Sparta sein!"
Indessen such' und brauch' ich Mitleid nicht,
Der Stamm gab Dornen mir, den ich allein
Gepflanzt, sie rissen blutig mein Gesicht:
Ich mußt' es wissen, welche Frucht solch Keim verspricht.

11. Um ihren Herrn weint einsam Adria,
Und da sie nicht mehr schließt ein jährlich Band,
Liegt modernd nun der Bucentoro da,
Ein unnütz Kleid in ihrem Wittwenstand.
Wohl steht noch Markus' Leu, wo sonst er stand,
Doch nur zum Hohn auf die geschwundne Macht
Dort, wo ein Kaiser bettelnd hob die Hand[1])
Und Fürsten neidisch staunten auf die Pracht,
Als noch Venedig glänzt' in reichster Königstracht.

12. Wo einst der Schwabe steht' herrscht Oestreichs Sohn,
Ein Kaiser stampft, wo einst ein Kaiser kniet';
Großstaaten wurden klein und Kettenton
Hallt in gekrönten Städten; Völker sieht
Man stürzen von der Höh, wo sie geblüht
In kurzem Glanz, gleichwie vom Berghang los
Gebrochen die Lauine abwärts zieht.
O nur ein Tag des blinden Dandolo's,
Der achtzigjährig gab Byzanz den Todesstoß!

13. Noch glänzt am Markusdom der Rosse Bild
Von Erz, ihr Gurt im Lichtstrahl goldig blinkt;
Doch ist des Doria Drohwort nicht erfüllt?
Sind sie gezügelt nicht? Um Freiheit ringt
Venedig dreizehnhundert Jahr' und sinkt
Wie Tang in's Meer dann, aus dem es erstand.
Wohl besser wär's, daß es die Fluth verschlingt
Und frei der Tod es macht von Feindes Hand,
In dessen Joch es sich um faulen Frieden spannt.

14. Voll Ruhm war — ein neu Tyrus — sie schon früh,
Vom Sieg stammt ja ihr rechter Beinam' her:
Des „Löwen Pflanz'rin“[*]), den erobernd sie
Durch Brand und Blut trug über Land und Meer;
Viel' unterjocht sie, selbst stets frei, die Wehr
Europa's gen der Sarazenen Macht:
Troja's Rivalin, Candia, künd' es hehr
Und auch du Fluth, die sah Lepanto's Schlacht!
Zwei Namen, die nicht Zeit noch Druck zu nichte mach'.

15. Wie Glasgebild' in Scherben sank zur Rast
In Staub hin ihrer Dogen stolze Schaar,
Doch ihres Sitzes mächtger Prachtpalast
Zeigt noch wie glanzreich ihre Herrschaft war.
Verrostet und geknickt fiel dem Barbar
Ihr Schwert und Zepter zu; manch Fremdgesicht
Und öde Plätz' und Hallen mahnen gar
Zu oft an's Joch, in dem Venedig liegt,
Ob dessen Wunderbau hängt trüber Wolken Schicht.

16. Als Syrakus Athene's Heer bezwang
Und Tausende in's Kriegesjoch gespannt,
Da hat die att'sche Mus' in ihrem Sang
Fernher allein das Lösegeld gesandt;
Denn ihres Klaglieds Schall den Wagen bannt
Des überwundnen Siegers, — ihm entsinkt
Der Zügel, müssig ruht das Schwert am Band,
Los knüpft er den Gefangnen, daß der bringt
Dem Barden³) Dank für Lied und Freiheit, die es singt.

17. So würd' auch deiner Thaten Ruhm verweht,
Venedig, wär kein stärkres Anrecht dein;
Was dir geweiht der göttliche Poet,
Dein Tassokult, — das sollte dich befrein
Aus deiner Knechtschaft, und es schändet dein
Geschick die Völker, England dich vor all:
Du Meereskön'gin mußtest Beistand leihn
Des Meeres Kindern; bei Venetia's Fall
Denk an den eignen auch trotz deinem Wogenwall.

18. Von Kindheit an hatt' ich sie lieb, sie ruht
Im Herzen mir wie eine Märchenwelt,
Gleich Wassersäulen steigend aus der Fluth,
Der Freude Sitz, des Handels reiches Feld;
Und Otway, Retcliff, Schiller, Shakespear hält
Ihr Bild mir fest; und ob ich auch vom Leid
Gebeugt sie fand, blieb ich ihr zugesellt,
Weil schöner sie erschien im Trauerkleid
Als da sie noch geprunkt in lauter Herrlichkeit.

19. Ich kann Vergangnes neu beleben, — und
Auch in der Gegenwart giebt sich dem Blick
Und dem gedrückten Sinn genug noch kund,
Ja mehr vielleicht, wie ich ersehnt als Glück;
Und was je hat verschönert mein Geschick
Am meisten, dazu, hold Venedig, ward
Von dir erborgt manch farbenreiches Stück:
Gefühle giebt's, die nicht die Zeit erstarrt,
Noch Qual erdrückt, sonst wär mein Herz schon stumm und hart.

Es ist der Tanne eigen, daß sie sprießt
Am höchsten, wenn auf luftiger Felsenwacht
In nacktem Grund sie wächst, wo sie umschließt
Kein Erdreich schützend vor der wilden Macht
Des Wirbelsturms; ihr Stamm strebt auf und lacht
Der Stürme Wuth, bis seine Hochgestalt
Ist würdig des Gebirgs, aus dessen Schacht
Zertrümmerten Granits er sich geballt
Zum Riesenbaum: — So wächst der Geist wohl gleichgestalt.

21. Man muß das Dasein tragen und den Keim
Von Lebensmuth und Duldung stets gefaßt
Tief pflanzen in der Brust verödet Heim.
Stumm trägt ja das Kameel die schwerste Last
Und schweigend stirbt der Wolf; vergebens laßt
Nicht solch ein Beispiel sein: wenn ohne Klag'
Ausharrt solch Wesen niedrer Art, so paßt
Es sich für uns, die wir von edlerm Schlag,
Noch mehr, zu dulden still, — ist's doch nur einen Tag.

22. Ein jedes Leid ertödtet oder stirbt
Durch den, der's trägt, und endet stets einmal;
Der Ein' in frisch belebter Hoffnung wirbt
Auf's Neue um das Ziel, das seine Wahl
Sich einst gesteckt, den Andern beugt die Qual
Und er ergraut und welket vor der Zeit
Und fällt mit seiner Stütze morschem Pfahl;
Noch Andre sind, wie ihre Eigenheit
Sie treibt, zu guter oder schlechter That bereit.

23. Doch der gedämpfte Schmerz zuweilen drängt
Wie ein Scorpionenstich hervor auf's Neu,
Kaum merkbar doch mit frischem Gift getränkt
Und wälzt, ob auch nur schwach der Anstoß sei,
Auf's Herz zurück die Last, von der es frei
Sich wähnt' auf immer; schon ein Schall, ein Lied,
Ein Sommerabend, eine Blüth' im Mai
Verwunden mag, an ein electrisch Glied
Der Kette schlagend, die geheim sich um uns zieht.

24. Wie und warum und welcher Wolk' entbricht
Solch Geistesblitz, ergründet kein Verstand;
Wir fühlen nur den Schlag und können nicht
Den Flecken tilgen, den er eingebrannt
Und der vor uns herauf aus dunkelm Land,
Wenn wir's am wenigsten geahnet, noch
Gespenster ruft, die kein Beschwörer bannt:
Was kalt und falsch, vielleicht in Todes Joch,
Beklagt, geliebt, geraubt, — zu viel! — und wenig doch!

25. Jedoch mein Geist irrt ab; ich rufe ihn
Zurück, um hier auf dem Ruinenfeld
Zu sinnen und den Spuren nachzuziehn,
Wie Macht und Größ' in einem Land verfällt,
Das einmal war das mächtigste der Welt
Und jetzt noch ist das schönst' und bleibt verehrt
Als Musterform von Götterhand bestellt
Für Heldensinn und Freiheit, Tugendwerth
Und Schönheit, deren Macht sich beugt die ganze Erd'.

26. Einst Republik von Kön'gen, Rom's Geblüt,
Bliebst du seitdem, Italien! schön bis heut;
Du bist des Erdballs Garten, in dir blüht,
Was Alles je Natur und Kunst verleiht.
Was gleicht dir, auch in der Versunkenheit?
Dein Unkraut selbst ist schön, als Wüste bist
Du reicher wie manch Land voll Fruchtbarkeit;
Ruhm schmückt dein Wrack und dein Getrümmer ist
Von reinem Glanz bedeckt, den nie der Rost zerfrißt.

27. Der Mond ist auf und doch ist es nicht Nacht,
Denn mit ihm strahlt der Sonne letzter Schein;
Dort in Friaul erglühn in ros'ger Pracht
Die Alpenhöhn, die Luft ist wolkenrein,
Doch scheint sie aller Farben Schmelz zu reihn
Zu einer Iris, breit im West gespannt,
Wo still der Tag zur Ewigkeit geht ein,
Indeß im Ost Diana's Silberband
Schwimmt durch die Azurfluth — der Sel'gen Inselland.

28. Ein einzger Stern zur Seite mit ihm theilt
Die Herrschaft über's halbe Firmament,
Doch jene sonn'ge Fluth wogt klar und weilt
Noch über Rhätiens schönem Berggeländ.
So stritten Tag und Nacht sich, bis am End'
Ihr Recht Natur errungen: — leise zieht
Tiefblau die Brenta, deren Element
Wie eine duftge Purpurros' erblüht,
Die schwimmend auf dem Strom in seinem Spiegel glüht,

29. Auf den des Himmels Antlitz sich von fern
Herniedersenkt; die ganze Farbenpracht
Vom Abendglühn bis zum aufgeh'nden Stern
Ist wahrhaft zauberisch vermannichfacht.
Und anders nun: die Berge hüllen sacht
In bleichre Schatten sich, der Tag verhaucht
Gleich dem Delphin, der vor der Todesnacht
Bei jedem Schmerz in neue Farben taucht,
Die letzt' am schönsten, bis ein Grau sie all' aufsaugt.

30. Zu Arqua ist ein Grab; im Sarkophag
Der hoch auf Säulen steht, ruht das Gebein
Von Laura's Freund⁴): Ihm ziehen Viele nach,
Vertraut mit seiner holdgesungnen Pein,
Als Pilger seines Geists. Er wollte weihn
Sich seiner Sprach' Erhebung und sein Land
Von ihrer rohen Feinde Joch befrein;
· Er netzt den Baum, nach dem Sie ist benannt,
Mit Thränenmelodien, die Ruhm ihm zuerkannt.

31. Sie halten seinen Staub in Arqua werth,
Dem Bergdorf, wo sein Lebensend' als Greis
Er schloß; und wird ihr Stolz dadurch genährt,
Der ganz gerecht, sei ihnen dafür Preis,
Daß sie dem Fremdling auf der Pilgerreis'
Sein Haus und Grabmal zeigen, beid' einfach
In Würd' und schlicht, was seiner Liederweis'
Entsprechend mehr dem Sinn genügen mag,
Wie eine Piramid', erbaut als Grabesdach.

32. Hier wohnt' er in des Weilers trautem Schoos,
Der wie geschaffen sich für Den erzeigt,
Der tief gefühlt sein nichtig Erdenloos
Und Zuflucht sucht, wenn jede Hoffnung weicht,
Wo schattig grün belaubt ein Berg ansteigt,
Auf dem die weite Ferne bringt in Sicht
Geschäftger Städte Bild, das jetzt erbleicht
Und nicht mehr locken kann; denn droben bricht
Hervor zur Sabbathruh ein holdes Sonnenlicht,

33. Verklärt Gebirg und Flur und Waldesgrün
Und glänzt im Sprudelbach, an dessen Rain
Klar wie sein Strom die Stunden langsam fliehn
In weicher Ruh, die ob sie auch erschein'
Als Trägheit nur, doch hat der Tugend Weihn.
Wenn die Gesellschaft uns zu leben lehrt,
Sollt' Einsamkeit des Sterbens Schul' uns sein,
Da sie durch Schmeicheln Eitelkeit nicht nährt:
Allein — muß ringen man mit Gott um Gnadenwerth;

34. Auch mit Dämonen wohl, die zehren an
Der edlern Regung Mark und suchen Beut'
In solchen Seelen, die der Schwermuth Bann
Bedrückt seit ihrer ersten Jugendzeit
Und gern sich flüchten in Verborgenheit,
Voll Furcht, daß sie bestimmt der Himmel hab'
In Qual zu dulden bis in Ewigkeit;
Die Sonn' ist ihnen Blut, die Erd' ein Grab,
Das Grab der Hölle Schlund, der Alles schlinge hinab. —

35. Ferrara's breite Straßen sind begrast,
Die nicht für Oed' erbaut so wohlgestalt:
Fluch scheint zu ruhn auf jeglichem Palast
Der frühern Herrscher und der Este alt
Geschlecht, das manch Jahrhundert sich den Halt
Hier fest gewahrt, bald Schützer, bald Tyrann —
Wie schwankt das Wesen kleinlicher Gewalt —
Für Solche, die den Lorbeerkranz empfahn,
Mit dem erst Dante's Stirn allein nur angethan.

36. Ihr Ruhm ist Tasso, und auch ihre Schaam:
Horch auf sein Lied! dann blick' in sein Verließ!
Und sieh wie hart verdient Torquato's Nam',
Und wo Alfons den Dichter wohnen hieß;
Doch brechen konnte der Despot nicht dies
Verletzt Gemüth, das er zerdrücken wollt'
Und blenden, da er in die Höll' ihn stieß
Des Irrenkerkers. Ewge Glorie rollt'
Hinweg die Wolken all, — und Lob und Thränen zollt

37. Die Welt ihm. Doch verloren wär mit Recht,
Alfons! dein Nam' ihr in der Moderschicht
Unwürd'gen Staubs, den dein Hochmuthsgeschlecht
In's Grab gestreut, wärst du verflochten nicht
In Sein Geschick; das mahnt uns — feiger Wicht!
An deine Tück' und spricht dich in die Acht:
Wie schrumpft dein Herzogsprunk vor dem Bezicht!
Entsproßt in anderm Stand, wärst du gemacht
Zum Sklaven kaum für den, dem du solch Leid gebracht.

38. Du! — blos zu Fraß und Schmach und Tod wie all
Unwerth Gethier, bestimmt und nur versehn
Mit einem prächtgern Trog und bessern Stall;
Er! — Lorbeern ihm die Furchenstirn umwehn,
Die damals sprossen und nun blendend stehn
Vor seiner Feinde Blick — der Cruska[5]) Rath
Und Boileau, der erstrebt nicht bess're Tön'
Als seine Heimath sang mit der Cicad'
Gezirp, — der Zähne Wetzstein und eintön'ger Draht.

39. Tasso's geschmähtem Schatten Fried'! Ihn wählt'
Im Leben und im Tod der Neid als Ziel
Für seinen Giftpfeil; doch er hat's verfehlt,
Siegreichster du im neuern Saitenspiel!
Millonen kommen jährlich, doch wie viel
Geschlechter werden gehen und es bricht
Aus ihrem ganzen zahllosen Gewühl
Kein solcher Geist wie du! Vereint das Licht
Von ihren Strahlen all, es wird zur Sonne nicht.

40. So groß du bist, sind dir doch eng verwandt
Die vor dir dort geglänzt mit ihrem Sang
Von Höll' und Ritterthum: zuerst erstand
Altvater Dante's göttlich Spiel voll Klang
Und dann, dem Florentiner gleich im Rang,
Des Südens Scott, der seine Dichtung schrieb
In neuer Weise anmuthvollem Gang,
Und gleich des Nordens Ariost von Lieb'
Und Wundern sang, von Ritterwürd' und Kampfgetrieb.

41. Der Blitz herab von Ariost's Büste schlug
Die Lorbeerkron' aus festem Erz geprägt,
Doch das Verhängniß war kein böser Fluch:
Zum Kranz des Ruhms die Lorbeern sind gepflegt
Am Baum, den nicht des Donners Keil zerschlägt.
Das Nachbild hat nur seine Stirn entehrt;
Doch wenn ihr Aberglauben thöricht hegt,
Wißt noch: geweiht ist was der Blitz zerstört, —
Zwiefach geheiligt ist nun dieses Haupt, so werth!

42. Italien! o Italien! du von je
Unselger Schönheit voll, die Trauerkleid
Geworden dir zu alt und neuem Weh;
Schaam hat die Stirne dir gefurcht und Leid
In Flammenschrift ihr eingeätzt die Zeit.
Wärst du in deiner Nacktheit minder schön,
Ach! oder mächtger, in gerechtem Streit
Die Räuber zu zerstreun, die dich umstehn
Voll Gier nach deinem Blut und deines Jammers Thrän':

43. Ab schrecktest Du wohl mehr. — Wen'ger begehrt
Wärst schlicht und friedlich du und nicht beweint
Ob deiner Reize, die dich nur verheert;
Dann strömten Kriegesheer' auch nicht dir feind
Die Alpenpäss' herab, fernher vereint
Zu Raub, zur Blut= und Wassertränk' im Po:
Vom Schwert des Fremden, wie er trügisch meint
Dir Schutzwehr, wärst du frei und nicht mehr so
Der Sklav von Feind und Freund, besiegt wie siegesfroh.

44. Als junger Pilger zog ich oft die Bahn
Deß, den der größte Römer — Tullius — nannt'
Einst seinen Freund⁶): Als lind gewiegt mein Kahn
Strich durch die schöne blaue Fluth, erstand
Dort Magara vor mir und rückgewandt
Aegina lag, Pyräus rechts zur Seit'
Und links Corinth; und an der Prora Rand
Gelehnt, sah ich sie voll Verfallenheit
Noch so, wie er gesehn dies Bild der Kläglichkeit.

45. Denn neu erbaut nicht hat die Zeit sie, nur
Den Schutt bedeckt mit roher Hütten Schicht,
Die mitleidswerther blos die letzte Spur
Noch macht von ihrem weitgestreuten Licht
Und ihrer Macht, zerdrückt vom Staubgewicht.
Der Römer sah damals die Gräberstatt
Von Städten hier, die ohne Wehmuth nicht
Anstaunt der Wandrer, und es zeigt sein Blatt
Die Lehr' uns noch, die solche Fahrt erzeuget hat.

46. Dies Blatt liegt jetzt vor mir und meins hier mehrt
Mit seines Land's Ruin der Staaten Schaar,
Die er beklagt beim Sturz, der sie verheert,
Und ich an ihrer Gruft; was blühend war
Ist nun Verwüstung. Ach! und Rom sogar,
Das Welthaupt, beugt sich vor des Sturms Gewalt
Wie jen' in Staub und Nacht und ward ein bar
Skelet der einst titanischen Gestalt,
Rest einer Welt, wovon die Asche noch nicht kalt.

47. Wohl sollt' und wird — Italien! — von Land
Zu Land das Unheil schrein, dem du geweiht,
Der Künst' und Waffen Mutter! Deine Hand,
Einst unser Schutz, ist Führer uns noch heut;
Quell unsres Glaubens! wo die Christenheit
Die Himmelsschlüssel sich erfleht auf Knien:
Europa, das den Muttermord bereut,
Muß dich erlösen und zurück dann ziehn
Der Fremden Fluth und bitten, daß ihm sei verziehn. —

7

48. Doch lockt der Arno hin zu schönem Ziel,
Wo das etrurische Athen entringt
Für seine Feensäl' ein warm Gefühl:
Von Stufenhöhn umkränzt die Ernte bringt
Ihm Korn und Wein und Oel, und Frohsinn dringt
Ins Leben aus der Fülle Horn hervor;
Am Ufer, wo der Arno lächelnd blinkt,
Stieg neuern Handels Ueppigkeit empor
Und auch die Wissenschaft aus ihres Grabes Thor.

49. Da liebt die Göttin⁷) noch im Stein und weiht
Mit Schönheit rings die Luft; wir athmen ein
Das süße Bild, das sein' Unsterblichkeit
Uns theilen läßt. Gelüftet scheint zu sein
Des Himmels Schleier; hier der Heilgenschrein
Vor uns und dies Gebild zeugt von der Kraft
Des Geists, da selbst Natur nichts schuf so rein,
Und läßt beneiden uns die Künstlerschaft
Der alten Heiden, die solch eine Seel' erschafft.

50. In Staunen irrt das Aug' umher wie blind
Und trunken von der Schönheit, bis entbrannt
Das Herz von ihrer Fülle; dort wir sind,
An das Triumphgefährt der Kunst gespannt,
Gefangnen gleich für immer festgebannt.
Genug! Um Worte nicht, noch Floskeln sei's,
Der Kunstkritik armseel'gen Flittertand,
Der Thoren nur betrügt; wer sieht, der weiß:
Blut, Puls und Brust erwahren des Dardaners Preis.

51. Erschienst du nicht dem Paris so wie hier
Und dem Anchises, reicher noch beglückt?
Nicht in der vollsten Gottheit, da vor dir
Der Kriegsgott als dein Sklave lag umstrickt
Und in dein Antlitz wie zur Sonn' aufblickt',
Indeß auf deiner süßen Wange ruht
Sein Aug' und ihm, in deinen Schoos gedrückt,
Von deinen Lippen strömt der Küsse Fluth
Auf Lider, Stirn und Mund in heißer Lava Gluth?

52. Durchglüht und lobernd in sprachloser Lieb',
Da wahrhaft auszudrücken solch ein Glück
Selbst für die höchste Gottheit eitel blieb,
Wird sie dem Menschen gleich, und sein Geschick
Hat von dem ihren manchen Silberblick,
Nur daß der Erde Last uns drückt; — mag's sein!
Uns bringen Geist und Phantasie zurück
Gebilde solcher Art, in Formen rein
Wie dieses Werk und Göttern gleich im Erdensein.

53. Mag mit kunstfertger und gelahrter Hand
Der Künstler und sein Aff' erklären breit,
Wie ihre Kennerschaft so wohl verstand
Der Beugung Anmuth, ihre Ueppigkeit;
O laßt sie schwatzen, wo das Wort entweiht;
Ihr schlechter Hauch soll trüben nicht den Raum,
In dem dies Bild wird ruhn für alle Zeit,
Den klaren Spiegel von dem schönsten Traum,
Der uns vom Himmel kam so licht wie jemals kaum.

54. Der Santa Croce heilig Rund schließt ein
Gebeine, die es heiligen noch mehr,
Staub der unsterblich ist in sich allein,
Ob auch nichts blieb von ehedem als er,
Nur ein Atom der Größen, die nunmehr
Zum Chaos rückgekehrt: hier Angelo's
Und Alfieris Asche liegt bei der
Des Galilee, mit seinem herben Loos,
Und Macchiavells Gebein in seines Ursprungs Schoos.

55. Vier Geister sind's, die wie die Element'
Erschaffen könnten eine Welt. Die Zeit,
Italia! die tausendfach zertrennt
In Fetzen hat dein königliches Kleid,
Wird anderswo verneinen wie bis heut
Der Geister Aufschwung vom Ruin; genetzt
Ist noch dein Fall — so tief! — mit Göttlichkeit,
Die ihn mit neuem Lebensstrahle letzt —
Wie jene einst ist auch Canova groß anjetzt.

56. Wo aber ruhn die drei Etrusker hie?
Dante, Petrark und — wohl kaum minder werth —
Der Prosadichter, schöpfrisches Genie
Der hundert Liebesmährchen? Wo verzehrt
Sich ihr Gebein, fern von gemeiner Erd'
Im Tod wie Leben? Ward ihr Staub verstreut,
Und hatt' ihr Land nicht Marmor, der sie ehrt,
Nicht einen Stein zur Büste mehr bereit?
Hat sie wohl gar ein Grab im Heimathschoos gereut?

57. O undankbar Florenz! Dante schläft weit —
Gleich Scipio — dir zur Schmach am Meeresstrand;
Haß der Partein in ihrem grausen Streit
Verbannt' ihn, der noch spät mit Stolz genannt
Von ihren Enkeln wär, wenn nicht gebrannt
Darob die Reue sie allzeit. Der Kranz,
Der voll Petrarks gekrönte Stirn umwand,
Gedieh in fremdem Boden erst zum Glanz, —
Sein Leben, Ruhm und Grab fehlt, selbstberaubt, dir ganz.

58. Boccacc' ließ sein Gebein der Muttererd' —
Und liegt's bei ihren Großen nicht, umtönt
Von manchem frommen Requiem, seiner werth,
Der den Sirenen Tuskien's Zung entlehnt,
Die jeden Laut zu holdem Sang verschönt,
Der Sprache Poesie? Nein! selbst sein Grab,
Von Frömmlerwuth erbrochen und verhöhnt,
Fand Raum nicht, wo man schlechtrer Asch' ihn gab,
Noch dringt ein Ach, weil unbenannt, darauf hinab.

59. Und Santa Croce ward, da dort vermißt
Ihr mächtger Staub, bekannter nur, wie eh'r,
Weil Cäsars Fest entbehrt der Brutusbüst',
Auch Rom gedacht des besten Sohns noch mehr.
Beglückteres Ravenna, feste Wehr
Beim Sturz des Reichs! Du hältst am Meereskies
Werth den Unsterblichen, wie Arqua Ehr'
Erweist den Resten deß, der sang so süß:
Florenz umsonst klagt um die Todten, die's verstieß.

60. Was gilt der Piramide reich Gestein,
Porphyr, Jaspis, Achat, — das Farbenspiel
Von Stuck und Marmor über dem Gebein
Der Handelsfürsten? An den Thau, der kühl
Im Sternlicht funkelnd tränkt den Rasenpfühl
Ob jenen Todten, deren Nam' allein
Der Muse Mausoleum, streift mit viel
Mehr Ehrfurcht doch der Fuß, wie an den Stein,
Der je ein Fürstenhaupt bedeckt als Todtenschrein.

61. Es grüßet Herz und Auge wohl noch Viel
In Arno's Dom, der Kunst fürstlichstem Schrein,
Wo Plastik ringt mit Malerei um's Ziel, —
Mehr Wunder noch, indeß für mich nicht, nein!
Da stets mein Sinn sich der Natur im Frei'n
Mehr als der Kunst in Gallerien geweiht.
Wenn Huld'gung einem Werk, das göttlich rein,
Mein Geist auch zollt, doch Mindres er nur beut
Als was er fühlt, weil er gerüstet ist zum Streit

62. In andrer Art. — An Trasimene's See
Durchstreif' ich jede Schlucht, wo schwer Geschick
Die Römer traf, hier heimisch ja von je;
Denn der Carthager Kriegslist sieht mein Blick
Da vor sich, wie umgarnt und drängt zurück
Des Feindes Heer sie zwischen Berg und Strand,
Daß mit dem Muth ihm auch entsinkt das Glück
Und Bäche, durch sein Blut zum Strom gespannt,
Durchdampfen das von Leichen überstreute Land,

63. Gleich einem Wald, den der Orkan gefällt.
Und solch ein Schlachtsturm war damals entfacht
Und solch ein Wahnsinn, bis zur Wuth geschwellt,
Daß blind für Alles außer Mord nicht Acht
Sie hatten, wie ein Erdstoß dumpf erkracht
Und unter ihnen schwankt der Grund, der weit
Aufgähnend ward für All' ein Todesschacht,
Die da bedeckt ihr Schild als Sterbekleid: —
So blendet Haß der Völker Sinn' in Krieg und Streit.

64. Ein schaukelnd Boot für sie die Erde war,
Das in die Ewigkeit sie trug; das Meer
Sie sahn, doch Zeit nicht blieb zu nehmen wahr
Auch ihres Schiffes Gang; nicht achten mehr
Sie der Natur Gesetz, der Scheu die schwer
Bedrückt, wenn Berg' erzittern, Vögel bang
Vom Neststurz flüchten zu der Wolken Wehr
Und Heerden brüllend rasen im Geschwank
Der Ebn' umher, der Mensch verstummt im Schreckensdrang.

65. Ein ander Bild jetzt Trasimen gewährt:
Ein Silberblatt der See ist und das Feld
Nur von des Pfluges sanftem Schnitt durchstört,
Die alten Bäume stehn so dicht gesellt,
Wie einst die Leichen dort gesä't; doch stellt
Ein winzger Bach im Namen dar die Noth
Des Tags, da blutge Güsse ihn geschwellt,
Und Sanguinetto sagt euch, wo der Tod
Den Boden feucht gemacht und das Gewässer roth.

66. Doch du Clitumnus! mit der weichsten Wog'
In leuchtendstem Kristall, wie ein Revier
Nur je zum Bad der nackten Glieder zog
Die Flußgöttinnen, du erhebest hier
Den blumgen Rand den der milchweiße Stier
Abgrast, der reinste Gott der sanften Fluth,
Von heiterm Ansehn und von edler Zier:
Gewiß, dein Strom war unentweiht von Blut,
Nur Bad und Spiegel für der Schönheit Jugendgluth.

67. Und an der sanftgeneigten Bergeshald'
Ein Tempelbau ob deinem Ufer hält —
Von kleiner aber zierlicher Gestalt —
Noch dein Gedächtniß fest; der Strom sanft wellt
Darunter hin, aus dem sich aufwärts schnellt,
Die Schuppen blitzend, oft der Fisch an's Licht,
Der pfeilschnell schießt durch deine glas'ge Welt,
Und Wasserlilien schwimmen manchmal dicht,
Wo seichtre Well' in Mährchenweise murmelnd spricht.

68. Zieh ohn' ein: Heil der Stätte Genius!
Vorbei nicht. Wenn ein süßrer Zephir mild
Die Stirn dir küßt, ist's sein Hauch); wenn dein Fuß
Dort schweift am Rand, dem volles Grün entschwillt;
Wenn Kühlung aus der Scene Frische quillt
In's Herz dir und die Taufe der Natur
Es rein wäscht von dem Schmutz, mit dem es füllt
Der Staub des Lebens: mußt du zollen nur
Ihm Dank, der momentan getilgt des Ekels Spur.

69. Welch Wasserbraus! Von steiler Höh entbricht
Velino der zerwaschnen Felsen Mund;
Welch Wassersturz! Es schäumt rasch wie das Licht
Der Schwall zur Tiefe, daß erbebt der Grund;
Welch Wasserhöll'! Es heult und zischet rund
Und kocht endlos in Qual, indeß der Schweiß
Des Todeskampfs, erpreßt in diesem Schlund
Des Phlegethon, schäumt in dem Becken weiß,
Das schwarzer Fels umschränkt in schreckenvoller Weis',

70. Und spritzt gen Himmel auf, von wo er kehrt
In stetem Schauer, der des Grundes Schoos
Als sanften Regens Wolke unentleert
Rings tränkt mit ewgem Lenz, so daß er blos
Ein einziger Smaragd. Wie bodenlos
Der Abgrund! Und wie stürzt von Stein zu Stein
Mit tollem Sprung der Strom sich riesengroß,
Zermalmend Klippen, die schon tief hinein
Sein wilder Tritt zerbrach und graus voll Klüften dräun,

71. Durch die wir breit die Säule rollen sehn,
Die mehr dem Springbronn eines Sees, der jung
Der Berge Schoos entrissen in den Weh'n
Von einer neuen Welt, als dem Ursprung
Von Flüssen gleicht, die sich in Bogenschwung
Hinwinden durch das Thal. Sieh dort, wie's naht
Gleich einer Ewigkeit, Zertrümmerung
Bereitend Allem, was auf ihrem Pfad,
Dem Blick zum Graun, ein hehrer Stromfall, in der That.

72. Erschreckend schön! Doch eine Iris beugt
Sich ob dem Höllenpfuhl im Morgenlicht —
Wie Hoffnung über'm Sterbebett geneigt —
Von Rand zu Rand, und ihre Farbenschicht
Bleibt unverrückt, wo Alles rings zerbricht
Vom tobenden Gewässer, stehn voll Pracht,
Die aus dem Schmelz zum Strahlenkranz sich flicht,
Und gleicht in dieses Schauspiels finstrer Nacht
Der Liebe, die den Wahnsinn treuen Blicks bewacht. —

73. Den wald'gen Apennin sah nochmals ich,
Die jungen Alpen, die — hätt' ich gesehn
Nicht ihre mächtgern Ahnen erst, wo sich
Die Tann' auf rauhern Kuppen streckt und gehn
Lauinen donnernd — wohl ich hielt für schön;
Doch keusch im Schnee die hehre Jungfrau sah
Ich und auch den Mont Blanc erhaben stehn
In weißen Gletschern, beide fern und nah;
Die Donnerhügel hört' ich in Kimaria,

74. Akrokeraunsche Berge sonst benannt;
Und am Parnaß sah ich der Adler Flug
Gleich Geistern dort wie ruhmeshalb gebannt,
Da sie unsäglich hoch die Schwinge trug;
Den Ida schaut' ich, Troja fern im Lug,
Athos, Olymp, Aetna, Atlas, die hier
Die Höhn nicht scheinen lassen werth genug:
Nur der Soract' allein tritt stolz herfür,
Jetzt unbeschneit, dem durch des Römers Oden wir

75. Erinnrung weihn und der sich hochauf drängt
Gleich einem Wogenwall, der sturzbereit
Noch zögernd ob der Wellenfläche hängt.
Mag wer da will sein Wissen treten breit
In klassischer Extas' und wecken weit
Den Berghall mit lateinischem Citat;
Den Schulzopf haßt' ich in der Knabenzeit,
Der Wort um Wort mir eingetrichtert hat,
Zu sehr, als daß ich gern des Dichters wegen that,

76. Was mir zurückruft dies alltäglich Joch,
Das krank gemacht mein Hirn; und wenn bedacht
Es später auch, was da gelernt es, doch
So eingewurzelt blieb des Uebels Macht,
Durch Leidenschaft, mit der ich stets gedacht,
Daß ich — weil schon erschöpft, bevor ich weihn
Mich durfte dem, was Freude mir gebracht
Bei freier Wahl — nicht kann die Frisch' erneun
Des Geists; doch was mir widrig war, wird's stets auch sein.

77. Leb wohl, Horaz! den auch ich haßte, nicht
Um deine sondern meine Fehl; ein Fluch
Ist's, fassen und nicht fühlen dein Gedicht,
Verstehn, nicht lieben deiner Verse Flug.
Wiewohl kein Moralist so treu vortrug
Das winz'ge Sein, kein Dichter so kunstreich,
Kein Satirist mehr an's Gewissen schlug
Und weckt doch nicht verletzt es mit dem Streich:
Doch lebe wohl! Soracte's Grat trennt uns zugleich. —

78. O Rom, mein Land, der Seele Stadt! zu dir
Hin müssen die verwaisten Herzen ziehn,
Einsame Mutter todter Reich'! und hier
Im Busen sänftgen ihre kleinen Mühn.
Was ist eur Leid und Weh? Kommt und seht hin
Auf die Cipresse, hört die Eul' und steigt
Da über Thron' und Tempel in Ruin;
Ihr, deren Pein nur kurzem Tage gleicht, —
Vor uns liegt eine Welt zerstört wie wir so leicht!

79. Als Niobe der Völker steht entwandt
Der Kron' und kindlos sie in stummem Leid,
Die leere Urn' in ihrer welken Hand,
Aus der schon längst der heilge Staub verstreut.
Des Scipio Gruft birgt nicht mehr Asche heut,
Leer stehn die Gräber all, zur ewgen Ruh
Erbaut für Helden: und du strömst noch weit
Durch Marmorwildniß, alte Tiber, du?
Schwill auf die gelbe Fluth und deck' ihr Elend zu!

80. Der Goth' und Christ, und Zeit, Krieg, Fluth und Brand
Erniedrigten die Siebenhügelstadt;
Sie sah den Ruhm sich Stern um Stern entwandt,
Barbarenfürsten reiten auf den Pfad
Zum Capitol an Siegeswagen Statt, —
Spurlos verfiel der Thürm' und Tempel Pracht.
Ruinenchaos! wer durchforscht' und hat
Der düstern Trümmer Oede licht gemacht
Und sagt: „hier war, da ist", wo Alles zwiefach Nacht?

81. Zwiefache Nacht von Zeit und ihrem Kind —
Unwissenheit — verhüllt noch jetzt wie eh'r
Rings Alles, wir nur in der Irre sind;
Atlanten giebt's für Sterne und für's Meer
Und Kenntniß beut auf ihrem Schoos sie her,
Doch Rom ist wie die Wüst', in der man reist
Nur nach Erinnerungen; voll Begehr
Nach Ruhm schrein All': Eureka, so es heißt!
Wenn sich ein Spiegelbild nur von Ruinen weist.

82. Weh dir erhabne Stadt! und Weh auch den
Dreihundert Siegeszügen und dem Tag,
Der hat des Siegers Schwert erliegen sehn
Dem Dolch des Brutus und ihm Lorbeern brach!
Weh um Virgil's Gesang und Tullius' Sprach'
Und Livius' malrisch Blatt! Doch wird sie neu
Durch dies' erstehn — nur vom Verfall nicht. — Ach,
Der Erd' auch Weh! denn nie schaun wir so treu
Die Schönheit ihres Blicks, als da noch Rom war frei.

83. O du, deß Wagen rollt' auf Glückes Rad,
Siegreicher Sulla! Du der erst erdrückt
Des Landes Feind', eh du gegeben Statt
Dem Zorn der eignen Kränkung, und gepflückt
Der Rache Lohn nicht, bis dein Adler blickt'
Auf Asiens Fall; du, der mit Drohblick schon
Senate bannt' und Römer — selbst umstrickt
Von Lastern — blieb, da du entsagt nicht ohn'
Ein sühnend Lächeln einer mehr als irb'schen Kron'

84. In des Diktators Reif —: Sahst du vorher,
Wie schwinden werde, was dich höher stellt'
Als sterblich nur? und daß einst Rom, zu sehr
Entnervt, durch andr' als Römerhand gefällt?
Sie, die genannt die Ewge und gesellt
Zu Sieg nur ihre Krieger, die umwand
Die Welt mit stolzem Schatten und geschwellt
Die Schwingen rauschend, bis sie überspannt
Den Horizont: O sie, Allmächt'ge einst benannt!

85. Der Erst' als Sieger Sulla war, doch blieb
Der klügste Usurpator uns, Cromwell;
Auch er verstieß Senate und zerhieb
Den Thron zum Block, — unsterblicher Rebell!
Sieh welche Schuld es heischt, vergänglich schnell
Nur frei sein und berühmt stehn ewig da;
An ihm zeigt sich des Schicksals Lehre hell:
Sein Tag von Sieg und Tod gewinnen sah
Zwei Reich' ihn und — beglückter — enden ja!

86. Der dritt' im selben Mond, der früherhin
Gekrönt ihn nur, derselbe Tag herab
Zog sanft vom Throne der Gewalt auch ihn
Und barg zu älterm Staub ihn in das Grab.
Zeigt so Fortuna nicht, wie Kron' und Stab,
Wie Ruhm und aller Glanz, um die sich mühn
Auf jedem rauhen Pfad die Seelen ab,
Ihr wenger glücklich als die Gruft erschien?
Säh' auch der Mensch es so, wie anders stünd's um ihn.

87. Und du, erhabnes Standbild! das noch da
In strengster Form von nackter Hoheit droht,
Du, das umdrängt von Mördern liegen sah
Zu seinen Füßen Cäsar blutigroth,
Die Toga faltend würdig auch im Tod —
Ein Opfer, das die Schicksalskön'gin Dir,
Die große Nemesis, zur Sühne bot,
Fiel er wie du, Pompejus? Waret ihr
Nun Königssieger, oder Marionetten hier?

88. Und du vom Blitz getroffne Amme Roms,
O Wölfin! die aus ehrnen Zitzen reicht
Die Milch des Sieges noch inmitt des Doms,
Wo dein Denkmal uralter Kunst sich zeigt;
Du Mutter mächt'gen Herzens, das entsäugt
Der große Gründer deiner wilden Brust!
Versengt, von Jovis Himmelspfeil erreicht,
Der deinen Leib geschwärzt — pflegst stolzbewußt
Du deine Jungen noch in Mutterlieb' und Lust?

89. Du thust's, doch deine Pflegling' alle sind,
Die Eisenmänner, todt und Städt' erbaut
Aus ihren Gräbern; Menschen ahmten blind
Den Wesen nach, vor denen ihnen graut,
Und kämpften, wie an Jenen sie geschaut
— In Affenabstand nur; doch Keiner traf
Nur nah das hohe Ziel, das anvertraut
Noch Einem blos, der nicht im Todesschlaf⁸⁾
Doch selbstbesiegt der eignen Sklaven ist ein Sklav,

90. Der falschen Größe Narr und eine Art
Von Bastard = Cäsar, der des frühern Spur
Ungleich gefolgt; denn dessen Geist gebahrt
Sich uns in minder irdischer Natur,
Die heftger wohl, jedoch kaltblüt'ger nur
Die Schwächen eines Sinns so sanft wie kühn
Von höherem Instinkt geführt, beschwur;
Alkides mit der Spindel jetzt erschien
Er bei Kleopatra — und Ruhm umstrahlt dann ihn:

91. Er kam und sah und siegt'! Allein der Mann,
Der seine Adler wie zur Beize trieb
Und in der That der Gallier Heer voran
Zum Siege lang geführt, der taub stets blieb
In seinem Herzen, dem er nie zu lieb
Gefolgt wohl: Er ein seltsam Wesen war;
Mit einer Schwäche nur, der Ruhmsucht Trieb,
In eitlem Ehrgeiz streb' er immerdar —
Wonach? Kann er sein Recht vertreten, machen klar?

92. Der Alles sein wollt' oder nichts, — und ab
Gewartet nicht das Grab, das bald geschenkt
Ihm Ehrenruh, wie Cäsarn seins sie gab,
Auf dem wir stehn: Für das der Stolz erdenkt
Triumphesbogen, wird die Erd' ertränkt
In Blut und Thränen so, daß neu ihr droht
Die Sündfluth, die den Menschen nur umdrängt
Ohn' Aussicht auf ein rettend Noahboot. —
Den Regenbogen, Gott, erneu' ob dieser Noth!

93. Was ernten wir von diesem eiteln Sein?
Ein kurzes Leben, schwach an innrer Kraft,
Wo die Gewohnheit wägt mit falschem Stein,
Die Wahrheit eine Perl' in tiefer Haft
Und Meinung eine Allmacht ist, die schafft
Auf Erden geistge Finsterniß, bis Recht
Und Unrecht Zufall und der Mensch erschlafft,
Damit sein Urtheil nicht werd' allzuächt,
Gedankenfreiheit Schuld und zu viel Licht sei schlecht.

94. So mühn sie sich in faulem Elend hin
Durch aller Zeiten und Geschlechter Fluth
Und sterben, stolz auf ihren wilden Sinn,
Vererbend ihre angestammte Wuth
Geborner Sklaven Neuzucht, die ihr Blut
Verdingt für Ketten und der Freiheit bar
Wie Gladiatoren kämpft noch frischgemuth
Auf der Arena, wo gefallen war
Wie Laub vom gleichen Baum schon der Genossen Schaar.

95. Von Glaubenslehren sprech' ich nicht, die gehn
Nur Gott an, doch von Dingen, die bekannt
Und klar und die wir täglich, stündlich sehn:
Das Joch, in das wir doppelt sind gespannt,
Das Ziel, das Tyrannei selbst eingestand,
Und das Gebot der Herrscher, die gewiß
Nur Affen Deß, der einst die Stolzen band
Und ihrem Schlummer auf dem Thron entriß, —
Zu glorreich, wenn sein mächtger Arm gethan nur dies.

96. Siegt ein Tyrann nur ob Tyrannen hie?
Zieht Freiheit keinen Sproß noch Kämpen groß,
Wie ihn Columbia sah erstehn[9]), als sie
Gleich Pallas rang bewehrt und rein sich los?
Zeugt solche Geister nur der Wildniß Schoos
Im tiefen Urwald und am Donnerwehr
Von Katarakten, wo Natur dem Loos
Jung Washington's gelächelt? Giebt nicht mehr
Solch Korn die Erd', Europa solchen Boden her?

97. Denn Frankreich blutberauscht ausspie nur Greul
Und ihre Saturnalien haben Weh'n
Allüberall gebracht der Freiheit Theil;
Indem die Schreckenszeit, die wir gesehn,
Und Ehrgier, die demantne Mauerhöhn
Erbaut zur Abwehr unsrer Wünsche all,
So wie das letzte Trugspiel auf der Scen'
Ein Vorwand ward zur Knechtung, die mit Gall'
Erfüllt das Herz und treibt zum zweiten Sündenfall.

98. Doch fliegt dein Banner, Freiheit! auch zersetzt
Gewittergleich entgegen noch dem Wind;
Verhallt auch dein Trompetenstoß wohl jetzt,
Läßt er als stärkster doch den Sturm dahint;
Dein Baum ist blüthenlos und deine Rind',
Entschält durch Axthieb, rauh und werthlos dortt;
Doch bleibt der Sam' im tiefen Grund und rinnt
Der Saft selbst in des Nordens Busen fort:
Drum wird ein beßrer Lenz wohl süßrer Früchte Hort.

99. Da steht ein ernster Rundthurm frührer Zeit[10]),
Wie eine Vest' in ihrer Wehr von Stein,
Die einer starken Heermacht Halt gebeut,
Halb zinnenlos in Epheuschmuck allein,
Den ihm zweitausend Jahr der Dauer leihn
Als Kranz der Ewigkeit, deß grünes Laub
Hüllt Alles, was gestürzt der Zeiten Dräun:
Was war der Thurm, und welcher Schatz vor Raub
Lag dort versteckt? — Ein Grab, und eines Weibes Staub.

100. Doch wer war sie, die Herrin der Grabstätt'
In dem Palastbau? War sie keusch und schön?
Werth eines Königs — mehr noch Römers Bett?
Wer sind, die sie gebar als Heldensöhn'
Und welche Tochter erbt' ihr Schönheitslehn?
Wie lebte, liebt' und starb sie? Ward geehrt
Sie nicht so prachtvoll, um daran zu sehn,
Wie niedre Asche da zu ruhn nicht werth,
Wo solch Mal das Gedenken höhern Looses nährt?

101. War treu sie ihrem Gatten oder die
Geliebte andrer? wie vor Zeiten schon
Nach Rom's Annalen solche fehlten nie;
Glich sie Cornelien ehrbar als Matron'?
Der holden Kön'gin auf Egypten's Thron
Voll Sinnenlust? und stritt sie tugendhaft
Dagegen an? Gab sie dem weichern Ton
Des Herzens nach, hat sie sich wohl entrafft
Der Liebe Leid? — denn das bringt jede Leidenschaft.

102. Vielleicht starb jung sie, oder auch gebeugt
Von Weh weit schwerer, als des Grabmals Last
Gedrückt den edlen Staub; es war vielleicht
Ob ihrer Schönheit eine Wolk', ein Glast
Im Blick, das Loos verkündend, das erfaßt
Die Lieblinge des Himmels — früher Tod —,
Voll Reiz noch wie die Sonne vor der Rast
Und der — der Todten Hesper — hektisch loht
Auf ihrer welken Wang', ein herbstlich Blätterroth.

103. Vielleicht starb sie betagt und überlebt'
Anmuth, Verwandte, Kinder, silberweiß
Das lang Gelock, aus dem sie noch durchbebt
Die Mahnung an den Tag, da Myrthenreis
Umflocht es und sie sich so Neid als Preis
Mit ihrem stolzen Schmuck und holden Bau
Erwarb von Rom. — Doch laß der Fragen Kreis!
Wir wissen nur: Metella starb, die Frau
Des Reichsten Rom's; deß Liebe oder Stolz hier schau.

104. Mich dünkt — ich weiß es nicht warum — bei dir,
Als wenn gekannt ich dein' Insassin schon,
Du Grab! und frühre Zeiten nahn sich mir
Mit der Erinnrung Klang, obwohl der Ton
Verändert ist und ernst, wie dumpfes Drohn
Des Donners, der im fernen Wind stirbt hin;
Doch könnt' ich ruhn hier auf dem Epheuthron,
Bis ich verkörpert mit des Geistes Glühn
Gestalten aus dem Wrack, das übrig vom Ruin;

105. Und bis ich aus den Planken, weit zerstreut
Auf Klippen, mir ein Hoffnungsboot erbaut,
Zu kämpfen mit dem Ocean erneut
Und seiner Brandung, die in Stößen laut
Aufrauschend stet am öden Strande braut,
Wo Alles scheitert, was je liebten wir;
Doch fänd' ich gnügend auch, was aufgestaut
Die Fluth, zum rohen Kahn, — wohin ich führ'?
Mir winkt nicht Heimath, Hoffnung, Leben, — nur dies hier.

106. Laßt denn die Stürme heulen! Fortan sei
Musik mir ihre Harmonie: es sühn'
Ihr Brausen hier die Nacht voll Eulenschrei;
Wie jetzt im Wechselchor vom Palatin
Ich höre bei der Dämmrung Schimmer ihn
Aus Trümmern, die des nächtgen Vogels Wahl,
Deß Augen groß und grau und prächtig glühn,
Deß Schwingen Segeln gleich. — An solchem Mal
Was sind da unsre Leiden — auch der meinen Zahl?

107. Cipreß' und Epheu, Mauerkraut und Trumm
Zusammgefilzt, von Hügeln überdacht
Was Säl' einst, Bogen ein= und Säulen um=
Gestürzt, Gewölb' erdrückt, der Fresken Pracht
Verwischt in feuchter Tiefe, wo in Nacht
Die Eule glotzt: — Bad, Tempel oder Hall'?
Es sag's wer kann; denn alles Forschen bracht'
Uns weiter nichts, als daß dies Mauern all —
Blick' auf den Kaiserberg! — So ist der Mächtgen Fall.

108. Hier ist die Lehr' aus aller Menschen Lauf:
Es kehret Alles, was geschehn, auf's Neu,
Erst Freiheit und dann Ruhm, und hört dies auf,
Glück, Laster, Fäulniß — endlich Barbarei.
Und der Geschichte leere Bücherei
Hat nur ein Blatt — geschrieben besser da,
Wo angehäuft prachtliebend Tyrannei
Die Schätz' und Lust, die Ohr und Auge ja,
Herz, Geist und Mund sich wünscht; — doch Wort' hinweg! Tritt nah,

109. Bewundre, freu dich — schmähe, lach' und wein',
Ach, hier ist Stoff für jedes der Gefühl',
O Mensch! du Pendel zwischen Freud' und Pein;
Säkuln und Reich' umfaßt dies Spannenziel,
Der Berg hier, auf deß fast verflachtem Bühl
Sich gipfelte des Weltreichs Piramid'
Und eitel glänzte Ruhmes Flitterspiel,
Bis selbst der Sonne Strahl zur Flamm' erglüht;
Wo ist sein golden Dach! wo, die's zu baun bemüht?

110. Selbst Tullius war nicht so wie du beredt,
O Säul' im Schutte ohn' ein Inschriftswort!
Was sind Lorbeern, die Cäsar's Stirn umweht?
Krön' Epheu mich von seinem Ruheort.
Weß Bogen oder Säule seh' ich dort —
Des Titus, des Trajan? Nein — die der Zeit:
Triumphesbauten schwemmt sie höhnend fort
Und der Apostel Statuen stehn bereit
Zum Sturz der Kaiserurne, deren Asche weit

111. Hineinragt in Rom's tiefblau Himmelszelt
Und zu den Sternen blickt; ihr angehört'
Ein Geist, der diese sucht' als Heimathswelt,
Der letzte derer, die beherrscht die Erd'
In Roma's Weltkreis; Keiner nach ihm wehrt
Den Rückeroberungen. Er war mehr
Als Alexander, unbefleckt sein Heerd
Von Wein und Blut, und so glänzt freundlich er
Als Tugendfürst. — Stets bleibt Trajanus Nam' in Ehr'.

8

112. Wo ist der hohe Fels des Siegs, da viel
Der Helden Rom begrüßt, Tarpejas Wand?
Für der Verräther Brut ein passend Ziel,
Der Vorsprung, wo sie Ruh im Absturz fand
Vor aller Ehrgier. Ward hieher gesandt
Der Sieger Beute? Ja, und drunten dort
Liegt tausendjährger Hader still gebannt,
Im Forum wo die Reden glühen fort
Und noch beredt die Luft haucht, — flammt des Cicero Wort, —

113. Von Freiheit, Streitsucht, Ruhm und Blut das Feld:
Hier dampft' ein stolzes Volk in heißer Kraft
Von Stund an, wo das Reich als Knosp' erschwellt,
Bis keine Welt mehr da für Sklavenschaft;
Doch lang zuvor war Freiheit schon erschlafft
Und von der Zwietracht ihres Schmucks beraubt,
Bis jeder Kriegsknecht, der sich keck aufrafft,
Tritt des Senats stumm bebend Sklavenhaupt
Und Macht durch der Hetären feile Stimm' erlaubt.

114. Doch von der Zwingherrn Heer weg blick' ich nach
Dir hin, du spätster der Tribunen dort,
Erlöser von Jahrhunderten der Schmach,
Petrarkas Freund, Italiens Hoffnungshort,
Rienzi, letzter Römer! Wenn hinfort
Der Freiheit welken Baum ein Blatt noch ziert,
Schmück' es selbst deines Grabes Friedensport, —
Du Forumskämp', als Haupt vom Volk erkürt,
Sein neuer Numa! der ach nur zu kurz regiert.

115. Egeria! hold Geschöpf von einem Geist,
Der keinen irdschen Ruhplatz fand so schön,
Als deinen Himmelsschoos: was du auch sei'st —
Die junge Eos in den luftgen Höhn,
Die Nymphe der Begeistrung süßer Wehn,
Vielleicht auch eine Schönheit dieser Welt,
Die dort ein Wesen höhrer Art gesehn
In Andachtsbrunst, — ja wie du auch entquellt, —
Du warst ein schön Gebild, verkörpert lichterhellt.

116. An deinem Bronn ist noch betropft das Moos
Von deinem seelgen Thau; es strahlt zurück
Die Stirn des Grottenquells so faltenlos
Der Stätte Genius sanftmüthgen Blick;
Nicht wehrt ein Kunstwerk mehr dem Blattgestrick
Am Rand und ruht die klare Fluth gezwängt
In Marmor; durch der Statua Trümmerstück
In leichtem Sprung sie überwallend drängt
Sich vor, und Farrnkraut, Blumen, Epheu wirr verschränkt

117. Phantastisch wuchern rings. Die grünen Höhn
Frühblüthen schmücken, die Lacerte schießt
Durch's Gras mit munterm Aug' und das Getön
Der Sommervögel mit Willkomm dich grüßt;
Der Blumen Schaar, die mannichfaltig sprießt,
Zum Weilen mahnt, wo sie im Feenreihn
Sich wiegt mit Zephir, der sie weich umschließt;
Das Veilchen, dem die Augen süß erbläun,
Scheint mit des Himmels Hauch deß Farb' auch zu entleihn.

118. Hier wohnt'st, Egeria! du im Zauberhag,
Dem Nahen lauschend deines irdschen Lieb [11])
Mit deiner Götterbrust erhöhtem Schlag;
Vom Sternzelt purpurfarbner Mittnacht blieb
Verschleiert dieses mystische Getrieb,
Und nun dein Freund weilt bei dir — was geschah?
Wohl war für einer Göttin Herzenstrieb'
Erbaut die Grott', als Stelldichein nur da
Für heilge Liebe — frühestes Orakel ja!

119. Hast du ein göttlich und ein Menschenherz
Nicht so vermählt, erschließend ihm die Brust,
Und Liebe, die ersteht und stirbt in Schmerz,
In Freude zu verwandeln nicht gewußt
Wahrhaft unsterblich? Nicht auch Erdenlust
Mit Himmelsunschuld eng gepaart, den Pfeil
Entgiftet, nicht gestumpft — was überdrußt
Und ganz zerstört — und nicht getilgt das geil'
Unkraut der Seel' aus, das erstickt ihr edles Theil?

8*

120. Ach unsrer Leidenschaften Quell verrinnt
In Wüsten und dem kargen Naß entsprießt
Ein üppig Unkraut, das sich finster spinnt
Um's Herz, obwohl den Blick es reizend grüßt
Mit Blumen, deren Odem Tod ergießt,
Und Bäumen voller Gift; solch Wachsthum — klagt! —
Rasch unterm Tritt der heißen Lieb' aufschießt,
Wenn sie umsonst in Erdenwildniß jagt
Nach einer Himmelsfrucht, die ihrem Durst versagt.

121. Du bist, o Liebe! nicht der Erde Kind,
Ein Seraph, nur für unsern Glauben wahr,
Deß Märtyrer gebrochne Herzen sind;
Doch ward und wird das bloße Aug' gewahr
Niemals dein wirklich Wesen so ganz klar.
Der Geist erschuf durch seine eigne Macht
Der Phantasie dich wie der Götter Schaar
Und hat den Traum in Form und Bild gebracht,
Den hegt die durstge Seel' in ihrer Leidensnacht.

122. Von eigner Schönheit laß wird das Gemüth,
Nach Truggestalten hascht's in Fieberwehn;
Wo sind die Formen, die der Bildner sieht?
In ihm allein. — Zeigt sie Natur so schön?
Wo sind die Ideale, die erstehn
Im Knaben und die er verfolgt als Mann, —
Das Eden, das umsonst wir heiß ersehn
Und das nicht Kiel noch Pinsel schildern kann,
Zu reich für's Blatt, wo frische Blüth' es setzte an?

123. Wer liebt der rast — der Jugend Wahnsinn — und
Noch bittrer ist die Kur; wenn mählig bleicht
All unsrer Götter Reiz und uns wird kund,
Daß bloß als Ideal sich Tugend zeigt
Und Schönheit, doch sein Zauber nicht entweicht,
Der unheilvoll uns immer vorwärts drängt,
Bis selbstgesäter Wind zum Sturm ansteigt;
Das Herz, das zäh goldmachend stets sich denkt
Dem Funde nah, ist reicher, wenn's die Sucht geschränkt.

124. Von Jugend auf wir siechen, sterben ab,
Krank — krank! dem Glücke fern, von Durst geplagt,
Ob uns auch lockt und reizt bis dicht an's Grab
Manch Hirngespinst, dem wir erst nachgejagt, —
Zu spät! Zwiefacher Fluch so an uns nagt.
Ruhm, Lieb', Ehrgier und Geiz — sind eng verwandt,
Gleich hohl und bös, — das Schlimmste keins besagt,
Meteore all, verschieden nur benannt,
Und Tod der schwarze Rauch, in dem erstickt der Brand!

125. Wohl Keinem wird, was seiner Liebe werth,
Ob blinder Zufall auch und Liebesdrang
Antipathie besiegt, denn schnell sie kehrt
Vergiftet mit erhöhtem Leidenszwang;
Gelegenheit die ohne Geist entrang
Nur Mißgeburten ihrer Götzenkraft,
Stützt unsre böse Schwachheit lebenslang,
Die sie erzeugt, mit krückengleichem Schaft,
Bis Hoffnung sinkt in Staub, zu dem wir All' entrafft.

126. Unwahr ist unser Sein, — in Harmonie
Nicht mit der Wirklichkeit, — dies hart Gebot
Und unverlöschlich Sündenmal von früh,
Der giftge Upas, der alltödtend droht,
Deß Wurzel Erd', deß Laub im Himmel loht,
Der auf die Menschheit Plagen niederträuft —
Krankheit, Tod, Knechtschaft — all und jede Noth,
Die sichtbar, schlimmer noch verborgen reift
Unheilbar in der Seel' und neu ihr Weh stets häuft.

127. Doch laßt uns furchtlos denken, — 's ist ein Mord
An der Vernunft, wenn wir dem Recht entziehn
Uns des Gedankens, einz'ger Zufluchtsort
Für uns — ich mindstens will mir wahren ihn;
Ob von Geburt auch an dies göttlich Glühn
In uns geknechtet ist, gedämpft sein Licht
Auf jede Art, damit der Wahrheit Sprühn
Den trüben Sinn zu sehr erleuchte nicht, —
Durch dringt's, da Zeit und Kunst den Staar dem Blinden sticht.

128. Arkaden auf Arkaden! Als wenn Rom
Aus aller seiner Haupttrophä'n Verein
Wollt' aufbaun sich einen einz'gen Dom
Das Kolosseum ragt; drob Mondenschein
Wie Himmelsfackeln glänzt, denn göttlich sein
Sollt' hier des Lichtes Strom, um diesen Schacht
Zu hellen, den durchsucht schon längst, allein
Erschöpft nicht Forscherdrang; die Azurpracht
Am Firmamente einer italiänschen Nacht,

129. In Farben uns vom Himmel sprechend, fließt
Um das gewaltge Wunderdenkmal leicht
Und schattet seinen Ruhm ab. Da ersprießt
Selbst aus dem Irdschen, das die Zeit gebeugt,
Ein geistig Sein, und wo ihr Schnitt hinreicht,
Doch ihre Sense brach, da noch voll Macht
Und Zauberreiz sich das Getrümmer zeigt,
Vor dem des neueren Palastes Pracht
Muß weichen, bis zum Witthum ihn Säkuln gemacht.

130. O Zeit! du die verschönt den Tod und schmückt
Ruinen; Trösterin die du Heilung leihn
Allein kannst, wenn das Herz ist wund gedrückt;
Du Zeit! die unsres Urtheils Fehl wäscht rein,
Prüfstein von Lieb' und Treu, Weisheit allein,
Wo Trugschluß herrscht, — von deinem Heil ohn End',
Das nie versiegt, so viel es mag verleihn;
Zeit! Rächrin du — zu dir heb' ich die Händ'
Und Aug' und Herz, und fleh dich an um eine Spend':

131. In diesem Wrack, das du zum Hochaltar
Und mehr zu heilger Tempelruh geweiht,
Zu größern Opfern bring' auch mein' ich dar,
Nur Jahrestrümmer — wen'ge, doch voll Leid.
Sahst du mich je zu Hochmuth leichtbereit,
Erhör mich nicht; doch wenn ich still zumal
Im Glück, und Stolz nur hegte gegen Neid,
Der nie mich beugt, laß nicht umsonst den Stahl
Gebohrt in meine Brust — wird sie noch reun die Qual?

132. Und du, die menschlich Unrecht stets ausglich
Mit ihrer Wage, große Nemesis!
Hier, wo die Alten lang verehrten dich —
Du, die die Furien aus der Höll' entließ
Und mit Gezisch Orest umheulen hieß
Für solcher Sühne Unnatur — bewußt
Gerecht, wenn minder nahe Hand that dies —
Hier, wo gethront du, ruf' ich dich vom Wust!
Hörst du mein Herz denn nicht? Wach auf! du sollst und mußt.

133. Nicht als hätt' ich um meiner Ahnen Schuld
Und um die eigne nicht verdient die Wund',
An der ich mich verblutet in Geduld,
Wenn sie nur von gerechter Waff' entstund;
Doch soll mein Blut nicht sinken nun zu Grund:
Dir weih' ich's — du sollst nehmen für mein Theil
Die Rache, der noch schlagen wird die Stund',
Und die genommen ich nicht selber, weil —
Doch still! — Ich schlaf', indeß sollst wachen du allweil.

134. Und wenn ich laut aufschrei', ist's nicht, daß dann
Ich bebe vor der Schmach; laßt sprechen ihn,
Der je Verfall sah meiner Stirne an,
Ermatten meinen Geist in krampfhaft Mühn;
Doch als Urkunde mir dies Blatt hier dien'!
Dies Wort soll nicht verwehn im Windeszug,
Ob ich auch Asche; spät noch rächend sprühn
Soll die prophetsche Macht in diesem Buch
Und thürmen auf der Menschen Haupt hoch meinen Fluch.

135. Der Fluch soll sein Vergebung! — Hatt' ich nicht —
Hör' Mutter Erde mich! — Schau, Himmel drein! —
Hatt' ich mit meinem Loos zu ringen nicht?
Litt ich nicht, was wohl heischt' ein voll Verzeihn,
Versengt mein Hirn, mir riß in's Herz hinein,
Glück, Ruf, des Lebens Kern versehrt für je?
Und wo mich vor Verzweiflung schützt' allein,
Daß ich aus solchem Kothe nicht besteh',
Wie in den Seelen fault, die stolz ich überseh'.

136. Sah ich nicht, was von großer Unbild bis
Zu kleiner Falschheit Menschenart vermag?
Was die Verleumdung laut herunter riß
Und gleich verächtlich leises Flüstern sprach?
Wie Kriecherbrut voll feinern Gifts nur zag
Mit dem zweideutgen Janusblick — geübt
In stummer Lüge, Wahrheit ahmend nach —
Durch Ach und Achselzucken ringsher giebt
Wortlose Schmähung aus, wie sie der Pöbel liebt?

137. Doch lebt' ich, und gewiß vergebens nicht;
Wenn auch mein Geist wird matt, mein Blut wird kalt
Und selbst in Siegesmühn mein Leib zerbricht,
Bleibt doch in mir, was trotzet der Gewalt
Von Qual und Zeit und wenn ich sterb' aufwallt:
Etwas Unirdisches, das ihnen neu,
Wird — wie ein Ton verklungnen Sangs nachhallt —
Dann ihr erweicht Gemüth umwehn und frei
Ihr Herz — jetzt Fels — sein für der Liebe späte Reu.

138. Das Siegel steht: Willkomm nun finstre Macht!
Die du hier namenlos, doch allmachtreich
Hinwallst im Schatten finstrer Mitternacht
Mit tiefem Schauer, doch der Furcht ungleich;
Dein Heim ist da, wo todt Gemäuer weich
Der Epheu einhüllt, und die ernste Scen'
Umgeistigst du so tief und licht zugleich,
Daß wir in die Vergangenheit aufgehn
Und wurzeln in den Fleck, allseh'nd doch ungesehn.

139. Hier das Gesumm erregter Massen floß
In Lobschrei oder murmelnd Mitgefühl,
Wenn da ein Mensch geschlachtet den Genoß;
Und weshalb dies? — Blos weil es so gefiel
Dem Grundgesetz der blutgen Cirkusspiel'
Und Kaiserlust. Weshalb nicht? Was liegt dran,
Wo wir gefällt zum Fraß für's Wurmgewühl,
Im Schlachtfeld oder in des Cirkus Bann?
Nur Bühnen sind's, wo die Hauptspieler modern dann.

140. Vor mir der Gladiator liegt, gestützt
Auf seine Hand, sein männlich Angesicht
Ergeben, doch im Todkampf siegreich blitzt;
Sein welkes Haupt allmählig niederbricht
Und seiner Seit' entquillt das Blut erst dicht
Und ebbt in Tropfen langsam dann und schwer,
Wie sprüht der Wetterwolken erste Schicht,
Bis Alles ihm verschwimmt: — er stirbt, noch ehr
Verhallt entmenscht Gejauchz dem Siegerwicht zur Ehr!

141. Er hört's doch achtet's nicht; sein Blick drang heiß
In's Herz und das zog fernem Ziele nach.
Ihm galt das Leben nichts noch auch der Preis,
Doch wo sein Rohrdach an der Donau lag,
Dort spielte seine wilde Brut am Hag,
Dort war sein dacisch Weib — und er, ihr Herr,
Gemetzelt für ein römisch Festgelag!
All dies regt auf sein Blut: — Soll sterben er
Und ungerächt? — Auf, Gothen! eilt als Geißel her!

142. Doch hier, wo Blutdunst ausgehaucht der Mord
Und in den Gängen summend Volk gr eugt
Laut oder murmelnd, wie ein Bergstrom fort
Im Sturzfall oder Bogenschwung sich drängt,
Wo Rom's Million Tod oder Leben schenkt'
In Schmach und Lob — Spielzeug für Pöbelhänd': —
Hier dröhnt mein Ruf und schwaches Sternlicht senkt
Sich auf die Oed' erdrückter Sitzreihn, Wänd'
Und Gallerien, wo fremd mein Tritt schallt allerend.

143. Welch Trümmerstätte! Mauern sind erbaut,
Paläst' und Städt' aus ihr, und oft doch meint
Ihr, wenn dies mächtige Gerippe ihr schaut,
Daß nirgendwo es schon geplündert scheint.
Ist wirklich es beraubt, nicht blos gereint?
Ach, der Verfall erweist sich erst total,
Wenn des Koloßbaus Form recht nah erscheint:
Er leidet nicht des Tages lichten Strahl,
Der zu sehr hellt, was Jahr' und Mensch zerstört zumal.

144. Doch wenn der Mond die höchst' Arkad' erreicht
Und sanft dort weilt; wenn durch der Zeiten Lück'
Hindurch die Sterne blinken und dann leicht
Im leisen Nachtwind wogt das Laubgestrick,
Das dicht bedeckt das graue Mauerstück,
Wie Lorbeern Cäsar's kahles Haupt umweht;
Wenn mild das Licht, nicht blendend für den Blick:
Dann in dem Zauberrund der Tod ersteht —
Heroen schritten hier — ob ihrem Staub ihr geht!

145. „So lang wie's Kolosseum Rom hält Stand,
Des Kolosseum's Fall ist auch Rom's Fall,
Und mit Rom stürzt die Welt!" — Aus unserm Land
Ein Pilger sprach's an diesem mächtgen Wall
Zur Sachsenzeit, die unsrer Sprache Hall
Schon alt nennt; und im Grundbau stehn die drei,
Obschon vergänglich, unverrückt noch all;
Dies Wrack und Rom, so wie das Weltgebäu
Trotzt allen Mühn von — Räubern oder wer's sonst sei.

146. Schlicht, hoch, ernst, streng und hehr — all Heilger Schrein
Und aller Götter Tempelstatt von Zeus
Bis Jesus — von der Zeit verschont allein,
Voll Ruh, wo Bogen, Reich, jed Ding im Kreis
Um dich zerfällt und man durch Dornenreis
Zu Asch' hinab sich zwängt — glorreicher Dom!
Bleibst du nicht stehn? — Saturn's und Frevler's Fleiß
Nagt an dir, Heiligthum und Lebensstrom
Für Kunst und Andacht, Pantheon, du Stolz von Rom!

147. Du reicher Tag' und reichster Künste Rest!
Beraubt doch unversehrt dein Kreisrund hält
Mit heilgem Hauch die Herzen alle fest;
Du bist ein Muster, und wer Roma's Welt
Durchforscht, auf den das Licht der Glorie fällt
Durch deine Kuppel. Und es sind Altär'
Hier Betern mit dem Rosenkranz bestellt,
Und wer tief das Genie verehret, der
Ergötz' an Büsten sich von Edeln rings umher.

148. Ein Kerker! Was schaut drin im Dämmerlicht
Mein Auge? Nichts! — Sieh nochmals hin! — Ein paar
Gestalten schattet mählig ab die Sicht; —
Zwei Hirnphantome werd' ich nun gewahr. —
Nicht solche sind's! Jetzt seh ich sie ganz klar:
Ein Greis und eine Maid, liebreizend wie
Ein säugend Weib, in dessen Brust fürwahr
Wie Nektar ist das Blut. Doch was thut sie
Mit nacktem Hals und bloßem weißem Busen hie?

149. Voll schwillt der Lebensquell für jungen Leib,
Wo an und aus dem Herzen wir entziehn
Die erst' und reinste Nahrung, wenn das Weib,
Geweiht zur Mutter, in der Unschuldsmien'
Und selbst im Schrei von Lippen, die nicht Mühn
Noch Zögerung dulden, fühlt ein Glück, das kein
Mann kennt, wenn sie sieht von der Wiegenbühn'
Ihr Knöspchen strecken aus die Blätterlein;
Welch Frucht wird draus? Wer weiß — bei Eva war es Kain.

150. Doch Speis' hier Jugend hohem Alter reicht
In Milch, ihm selbst entstammt: Es ist ihr Ahn,
Dem sie die Schuld des Blutes zahlt, erzeugt
Mit ihr. Nein! ihm soll nicht Verschmachtung nahn,
So lang aus liebewarmer Brust empfahn
Er kann noch heilgen Feuers Kraft und Gluth
In dem Naturstrom, der schwillt höher an,
Als dort der Nil. — Trink Greis, trink Lebensmuth
Am Süßborn hier! Im Himmel quellt nicht solche Fluth.

151. Die Sternenfabel der Milchstraß' hat nicht
Die Reinheit deiner Sage; dieß' ist mehr,
Ein Sternbild inn'gern Lichtes, und es spricht
Verklärter die Natur in der Umkehr
Von ihrem Satz, als in dem Himmelsmeer,
Wo ferne Welten glänzen. — Hehrste Säugerin!
Kein Tropfen dieses Nektars fall' beiher
Dem Herz des Ahns, daß volles Leben drin
Aufglüht, wie's neu strömt einst durch unsre Seelen hin.

152. Nun tritt an's hohe Mal des Hadrian[12]),
Nachäffer von Egyptens altem Styl,
Kopist von Mißgestalt nach klotzgem Plan,
Deß irre Phantasie vom fernen Nil
Die Unform Künstlern aufzwang als Beispiel
Zum Dom für Riesen, der für Zwerggebein —
Sein bischen Staub — bestimmt. Wie mögen viel
Beschauer hier sich spöttisch lächelnd freun
Ob dem Unsinn, der plante den Koloß von Stein!

153. Doch sieh den Dom, so groß als wunderbar[13]),
Vor dem Diana's Wunder schwinden muß,
Christ's mächtgen Schrein ob seines Märt'rers Bahr'!
Ich sah das Wunderwerk von Ephesus,
Deß Säulenschutt in Wildniß trat mein Fuß,
In dem der Schakal haust und die Hyän';
Ich sah Sophia's Kuppeln im Erguß
Des Sonnenlichts erglühn und durfte sehn
Ihr Heiligstes, wenn die Moslems zu Allah flehn:

154. Doch du! von alten Tempeln, neu'n Altär'n
Allein stehst fest du, dem nichts gleicht noch glich,
Als würdigster für Gott, den heilgen, wahr'n!
Seit der Zerstörung Zion's, da Er wich
Aus seiner ersten Stadt — wo zeiget sich
Ein irdisch Werk, erbaut zu Seiner Ehr,
Erhabnern Anblicks? Majestät schmückt dich,
Kraft, Glorie, Schönheit, all' umflügeln hehr
Dich, ewge Arche für Anbetung fleckenleer.

155. Tritt ein: des Innern Größ' erdrückt dich nicht;
Warum? Sie ist nicht minder, doch dein Geist,
Erfüllt vom Genius der Stätte licht,
Ist riesenhaft gewachsen und verheißt
Dir hier den Schrein, in dem verwahrt sich weist
Dein Hoffen auf Unsterblichkeit; und sehn
Wirst du, wenn werth, von solchem Glanz umkreist
Einst deinen Gott, wie du siehst hier sich höhn
Sein Allerheiligstes — und nicht vor Ihm vergehn!

156. Vor trittst du: fort und fort bei jedem Schritt,
Wie durch gigantische Zier die Alpenflüh
Auch beim Erklimmen scheint zu steigen mit,
Der Umfang wächst, der voll zur Harmonie
In all dem Unermeßlichen gedieh;
Stuck, Mosaik, Altäre goldumflammt,
Und hoch in Lüften mächtge Kuppel, die
Jed Erdwerk überragt und, ob gerammt
In festen Grund, frei schwebt wie Wolkenhöhn entstammt.

157. Nicht auf einmal, nur stückweis kannst du schaun
Das große Ganze, in getrennter Sicht;
Und wie das Meer viel Buchten mag ausbaun
Dem Blick zum Reiz, so hier die Seele richt'
Auf's Nächst' und faß es dann zusamm, bis licht
Sich deinem Geiste innig hat gesellt
Das reiche Ebenmaß und dich umflicht
In mächtger Steigrung, nach und nach erhellt,
Der Glorienschein, der im Total nicht auf dich fällt,

158. Ob eigner Schwäche: Unser äußrer Sinn
Begreift nur stufenweis — und wie wir bei
Dem innigsten Gefühl umsonst uns mühn
Um schwachen Ausdruck, so auch dies Gebäu
Durch Glanz und Macht bewältigend stets neu
Narrt unsern Starrblick, und solch Fülle höhnt
Erst unsre Zwergnatur, bis dann sich frei
Mit ihr aufwachsend unsre Seel' ausdehnt
Zur Größe deß, das zu betrachten wir ersehnt.

159. Dann sinn' und werd' erleuchtet; solch Beschaun
Ist mehr als nur des Auges Sättigkeit
Am Wunderbaren, oder scheu Erbaun
An heilger Stätte, oder bloße Freud'
An Kunst und Meistern, die zu baun geweiht,
Was keine Zeit, noch Denkkraft sonst ersann;
Die Quellentiefe der Erhabenheit
Liegt bar und ihren Goldsand eigne an
Sich unser Geist und lern', was groß' Empfängniß kann.

160. Nun wende dich zum Vatikan und sieh
Laokoon gequält von edler Pein,
Weil Vaterlieb' und irdische Agonie
Mit himmlischer Geduld ringt im Verein.
Fruchtloser Kampf: Umsonst der Greis klemmt ein
Den Ringelleib der Schlang' und wehrt umstrickt
Dem Biß und Druck; der giftge Ring bricht ein
Lebendges Glied um's andr' und stärker zückt
Die Marter stets, bis jeder Athemzug erstickt.

161. Dann schau den Fernhintreffenden dir an [14]),
Den Gott für Leben, Poesie und Licht,
Die Sonn' — als menschlich Wesen angethan,
Voll Glanz ob Kampf und Sieg das Angesicht;
Der Schaft ist grad' entsandt, der Pfeil goldlicht
Mit eines Gottes Rach'; im Aug' ihm quillt
Und Nüster edler Zorn, und Machtgewicht
Und Majestät im Vollblitzstrahl nachschwillt,
Daß sich auf einen Blick die Göttlichkeit enthüllt.

162. Doch in der zarten Form — ein Traumgesicht
Der Lieb' einsamer Nymphe, die aufblickt
Nach eines Ueberirdschen Minnepflicht
Und drob verzückt erbebt — ist ausgedrückt
All ideale Schönheit, die beglückt
In ihrer reinsten Lust je das Gemüth,
Wenn jeder Zug, als Himmelsgab' entschickt —
Ein Strahl Unsterblichkeit — gleich Sternen glüht
Ringsum, bis sie verschmelzend dann zum Gott erblüht.

163. Und wenn Prometheus aus dem Himmel stahl
Den Brand, der in uns loht, getilgt hat der
Die Schuld, dem die Vollkraft verliehn einstmal,
Die dies poetisch Steinbild schmückte hehr
Mit ewgem Glanz, das — wenn's gemacht auch wär'
Von Menschenhand, kein Menschengeist erzeugt;
Und selbst die Zeit weiht' es und riß bisher
Nicht eine Loc' in Staub, noch hat's verbleicht
Der Jahre Hauch: rein, wie's erstand, es noch sich zeigt.

164. Doch wo der Pilger bleibt von meinem Sang,
Das Wesen, das ihm früher lieh den Halt?
Mich dünkt, er kömmt gar spät und zögert lang.
Er ist nicht mehr, sein letzter Ton hier schallt,
Zu End' ist seine Fahrt, sein Traum entwallt
Rasch wie er selbst in Nichts: Wenn mehr als Wahn
Er war und eine wirkliche Gestalt,
Die lebt und leidet — ach was liegt daran! —
Sein Schatten schwindet weg in der Verwesung Bahn,

165. Die Schatten, Körper, Leben — Alles streckt,
Was wir ererben, in ihr Sterbgewand
Und mit dem schwarzen weiten Bahrtuch deckt,
Das nur Phantom' aufweist; die Nebelwand
Verhüllt uns Alles, was je hell entbrannt,
Bis selbst des Lichtes Kern zur Dämmrung wird
Und kaum ein düstrer Hof noch dicht am Rand
Der Finsterniß in bleichem Schimmer flirrt,
Der mehr noch als die tiefste Nacht den Blick verwirrt

166. Und uns den Abgrund aufthut, um darin
Zu spähn nach dem, was einst wir, wenn zerfiel
Der Leib zu Minderm noch, als ohnehin
Deß elend Sein; zu träumen Ruhmes Ziel
Und stäuben ab des Namens Flitterspiel,
Der mit uns stirbt; doch können nie wir mehr
O Glück! erstehn zu gleichem Wehgefühl:
Genug, daß einmal uns gedrückt so sehr
Des Herzens Last, die Blut statt Schweiß entpreßt ihm schwer.

167. Horch! Aus der Tief' empor ein Murmeln steigt,
Das fernher leis' und lang, doch grausig tönt,
Wie wenn ein Volk, von hartem Schlag gebeugt,
An unheilbarer Wunde blutend stöhnt;
Durch Sturm und Nacht der Schlund zerspalten gähnt
Dicht voller Schatten, doch ihr Haupt gebeut [15)]
Als Kön'gin noch, obwohl die Stirn entkrönt,
Und bleich, doch lieblich hält in Mutterleid
Ein Kind sie fest, dem ihre Brust nicht Hilfe leiht.

168. Du Sproß von Feldherrn, Kön'gen, wo bist du?
Bist — Hoffnung vieler Völker — du im Grab?
Konnt' es vergessen dich nicht und zur Ruh
Ein Haupt von minderm Werthe ziehn herab?
Die Nacht, da ob dem Sohn du härmtest ab
Dich noch, o Mutter für 'nen Augenblick,
Stillt' auch den Schmerz für je: Hinab
Mit dir sank all das heiß ersehnte Glück,
Das erst verhieß dem Weltenreich ein froh Geschick.

169. Die Bäurin leicht gebiert: Und du, die ach
So heiß geliebt war und so tief beglückt!
Wer nicht um Kön'ge weint, Dir weint er nach;
Und Freiheit schweig' ihr sonstges Leid, das drückt
Sie schwer, um Dich: denn sie hat aufgeschickt
Für dich Gebet' und ihre Iris schon
Ob dir gesehn. — Weh dir auch, dem entrückt —
O armer Fürst! — der Ehe süßer Lohn,
Du Gatte für ein Jahr und Vater todtem Sohn!

170. Aus Trauerstoff dein Brautkleid war gewebt,
Die Frucht des Brautbetts Asch'; in Staub hin fiel
Der Inseln blondgelocktes Kind, umstrebt
Von reichster Lieb'. In ihr sahn wir das Ziel
Zukünftgen Heils, und ob's auch nachtet schwül
Noch uns, erträumten wir von ihrem Sproß
Für unsre Kinder doch des Segens viel;
Und der Verheißung Stern sich uns erschloß
Wie dort den Hirten: — doch ein Meteor nur schoß.

171. Weh uns, nicht ihr, denn sie schläft friedlich dort:
Der leichte Rauch der Volksgunst, wie der Rath
Von Gleißnerzungen und der Schmeichler Wort,
Das schon von je gestreut die giftge Saat
In's Ohr der Fürsten, bis an's Licht sie trat
Im Sturm der Völker, der danieder weht
Die Mächtigsten und ihrer sündgen That,
Die aus der Allmacht blindem Stolz ersteht,
Wehrt mit Gewalt, die sie zermalmt früh oder spät: —

172. War dies auch ihr bestimmt? O das verneint
Voll unser Herz! So jung, so schön, voll Glück,
Gut von Natur, erhaben ohne Feind,
Kaum Braut und Mutter — und nun solch Geschick!
Wie manches Band zerriß der Augenblick!
Vom Vater bis zum letzten Unterthan
Elektrisch bebte dieser Schmerz zurück,
Der wie ein Erdstoß hat das Land umfahn,
Das dich so gleich geliebt, daß Keiner stand voran. —

173. Sieh Nemi dort in waldge Höhn versenkt
So tief, daß selbst der Sturm, der brausend fällt
Die Eiche sammt der Wurzel und verdrängt
Den Ocean aus seinem Rand und schwellt
Den Schaum gen Himmel, zögernd inne hält
Ob deines See's ovalem Spiegel dann;
Und kalt sein Bild und ruhig dar sich stellt
Wie alter Haß, den nichts erschüttern kann,
Und wie die Schlang' im Schlaf geringt zu schauen an.

174. Und nah dabei Albano's Fluth erglänzt
Aus einem Schwesterthal, — und fern dort rinnt
Die Tiber und des Meeres Schaum umkränzt
Die Küste Latium's, wo der Krieg beginnt
Im Epos[16]), durch das neuen Glanz gewinnt
Der Dichtkunst Stern; doch rechts dir stand
Des Tullius Ruhesitz, und weit dahint,
Wo vor den Blick sich schiebt der Berge Wand,
Sabinum lag, wo Freud' Horaz im Landbau fand.

175. Doch ich vergess': — Am Ziel mein Pilger steht,
Und scheiden müssen beide wir nunmehr; —
Sein Werk und mein's nun bald zu Ende geht.
Laßt denn uns schaun noch einmal auf das Meer:
Das Mittelländsche streckt sich vor uns her,
Und vom Albaner Berg sehn wir noch heut
Den Jugendfreund, deß Fluthen wir schon ehr
Erblickt an Calpe's Fels und folgten weit
Entlang, bis wo der schwarz' Eurinus wild umdräut

9

176. Die blauen Symplegaden. — Lange Jahr',
Obschon nicht viele, haben auf uns Beid'
Indeß gewirkt; so mancher Gram ließ zwar
Vom Ausgang uns nicht streben allzuweit,
Doch nicht umsonst schwand uns die Wanderzeit:
Wir ernteten den Lohn, als der uns gilt,
Daß uns doch noch der Sonne Strahl erfreut
Und Land und Meer mit solcher Lust erfüllt,
Als gäb' es Niemand, der uns trübt ein klar Gebild.

177. O daß die Wüste wär mein Aufenthalt,
Mit einer schönen Seele im Verein,
Daß ich vergäß der Menschen Thun alsbald
Und Niemand hassend sie nur lieb' allein!
Ihr Kräfte der Natur, durch deren Weihn
Ich mich geläutert fühle, könnt ihr mir
Solch Wesen nicht verleihn? Sind's Träumerein,
Daß solch' es giebt an mancher Stätt' auch hier,
Wenn ihren Umgang auch genießen selten wir?

178. Voll Reiz ist der noch unbetretne Wald,
Voll Hochgenuß das Ufer öd' und leer,
Voll Leben ist's am Meer, wo Niemand wallt
Und nur die Fluth rauscht wie Musik daher;
Den Menschen lieb' ich, doch Natur noch mehr,
Die längst vertraut mir und in deren Bann
Vor dem ich flüchte, was bedrückt mich schwer,
Und mich im All versenkend fühl' ich dann,
Was ich aussprechen nicht, doch auch nicht bergen kann.

179. Fluth' hin, du Meer, in dunkelblauer Pracht!
Umsonst dich furchen Flotten; mit Ruin
Bedeckt der Mensch die Erde, — seine Macht
Bricht sich am Strand; doch auf der Wasserbühn'
Häufst du die Wrack' und nichts bleibt ihr verliehn
Vom Druck des Menschen, als er selber nur,
Wenn er, wie Regentropfen still versprühn,
Mit blaß'gem Hauch in deine Tiefen fuhr,
Uneingesargt und ohne Grab und jede Spur.

180. Sein Fuß zertritt dich nicht und deine Flur
Verheert er nicht, — du schwillst und schüttelst wild
Ihn ab, verhöhnst das niedre Streben nur,
In dem er mit Ruin die Erd' erfüllt,
Und schleuderst ihn vom Spiel des Schaums umhüllt
Gen Himmel und dann heulend stückweis fort
Zu seinen Göttern, die er wohl als Schild
Vor Unheil aufgestellt im nahen Port,
Und spülst ihn an das Land: — so laßt ihn liegen dort!

181. Die Orlogs, die der Städte Felsenwall
Zerdonnern, daß der Völker Herz erbebt
Und ihre Herrscher zittern vor dem Schall;
Die Eichenriesen, die so stark erstrebt,
Daß sich ihr Schöpfer eitel überhebt
Und deinen Herrn und Kriegsgebieter dünkt:
Sie sind dir Tand und deine Fluth begräbt
Sie all in ihren Gischt, in den versinkt
Armada's Stolz, wie er Trafalgar's Beut' entringt.

182. Dein' Uferstaaten sind gebeugt, du nie;
Was sind Karthago, Rom und Griechenland?
Verheert von deiner Fluth, da frei noch sie,
Und von Tyrannen dann; ihr Küstenrand
Ist unterjocht und Reich' hat umgewandt
Ihr Fall zur Wüste: — deiner Stirn Azur,
Gefurcht nur von dem eignen Unbestand,
Drückt' auf die Zeit noch keine Faltenspur,
Du wogst noch so wie da die Schöpfung tagt' erst nur.

183. Erhabner Spiegel, wo der Allmacht Bild
Sich in Orkanen zeigt; zu jeder Zeit, —
Wenn still du ruhst und wenn du tobest wild,
Den Pol umeist, in heißem Erdstrich breit
Und dunkel wogst, so endlos tief und weit —
Bist du Symbol der Ewigkeit und Thron
Des Unsichtbaren; Ungeheuern leiht
Dein Schlamm selbst Form, du herrschst ob jeder Zon'
Und gehst noch kühn und stolz einher, wie ewig schön.

184. Doch lieb' ich dich, o Meer! und meine Luft
War's, deinen Blasen gleich dahingewiegt
Im Jugendspiel zu sein an deiner Brust;
Mit deiner Brandung scherzt' ich hochvergnügt
Als Knabe schon und wenn erschreckend siegt'
Ihr stärkrer Schlag, war's eine freudge Scheu;
Denn ich war wie dein Kind an dich geschmiegt
Und trauend deinen Wellen, wo's auch sei,
Legt' ich die Hand wie hier auf deine Mähne frei.

185: Gethan ist nun mein Werk, verhallt mein Sang
Wie ein hinsterbend Echo: gut daß bricht
Der Bann, der diesen Traum umwob so lang.
Die Fackel lösche, die mein nächtges Licht
Entbrannt, — doch was geschrieben schwindet nicht;
Wär's besser nur! doch bin ich jetzt nicht mehr,
Wie sonst und minder klare Bilder flicht
Die Phantasie mir, und die Gluth, die ehr
Mein Geist gehegt, ist flackernd, schwach und wärmeleer.

186. Lebwohl! Ein Wort, das uns durchbebt allzeit
Und zaudern läßt, — Lebwohl doch! Gott behüt!
Wenn euch, die ihr dem Pilger das Geleit
Gabt bis an's Ziel, nur ein Gedank' umglüht,
Der einst war sein, wenn euch im Herzen blüht
Nur ein' Erinnrung: hat er mit Sandal'
Und Muschelhut sich nicht umsonst gemüht.
Lebwohl! Bei ihm allein mag ruhn die Qual,
Wenn solch' es war, — bei euch nur seines Sangs Moral!

Anmerkungen.

1) Charlotte Harley, Tochter des Grafen von Oxford, zur Zeit dieser Widmung 11 Jahre alt.

Erster Gesang.

2) (V. 18.) Milton in seinem Gedicht: das verlorene Paradies.

3) (V. 22.) William Beckford, Verfasser eines Gedichtes Bathek.

4) (V. 24.) Junot, französischer Gouverneur von Portugal.

5) (V. 29.) Die gemüthskranke Maria Francisca.

6) (V. 35.) Pelajo stammte aus dem westgothischen Königsgeschlechte, der sich in Asturien gegen die von Graf Julian, Cavas Vater, herbeigerufenen Araber behauptete.

7) (V. 52.) Napoleon I.

8) (V. 59.) Byron dichtete diese Verse während seines Aufenthalts in Griechenland.

9) (V. 66.) Die See, aus deren Schaum sie geboren ward.

10) (V. 85.) Solano, Gouverneur von Cadix.

11) (V. 91.) J. Wingfield, Garde-Offizier, der in Coimbra am Fieber starb.

Zweiter Gesang.

1) (V. 7.) Sokrates.

2a) (V. 8.) Zoroaster und Pythagoras.

2b) (V. 9.) Eddlestone, ein Freund des Dichters, der 1811 in Coimbra starb.

3) (V. 11.) Lord Elgin.

4) (V. 14.) Achilles.

5) (V. 16.) Spanien.

6) (V. 20.) Lastschiffe.

7) (V. 22.) Die Straße von Gibraltar.

8a) (V. 29.) Die maltesische Inselgruppe. 8b) Odysseus. 8c) Telemach.

9) (V. 30.) Gemahlin des englischen Gouverneurs von Malta.

10) (V. 38.) Alexander der Große. 11) Skanderbeg.

12) (V. 39.) Ithaka.

13) (V. 45.) Kleopatra. 14) Nikopolis.

15) (V. 47.) Ali Pascha von Janina.

16) (V. 48.) Das Mönchskloster Zitza bei Janina.

17) (V. 49.) Kaloyer, griechische Mönche.

18) (V. 51.) Das Thal Tempe.

19) (B. 55.) Der Berg Tomaros in Epirus.

20) (B. 60.) Die mohamedanische Fastenzeit.

21) (B. 70.) Utrali ist ein kleiner Ort am Meerbusen von Arta.

22) (B. 74.) An der Grenze von Böotien, wo sich die Verschwornen z\
Sturz der Tyrannen von Athen sammelten.

23) (B. 76.) Heloten, die Sklaven im alten Griechenland.

24) (B. 77.) Konstantinopel. 25) Die Secte der Wachabiten in Arabi\
die Mohamets Grab in Mekka plünderten.

26) (B. 95.) Miß Chaworth, Byrons Jugendgeliebte.

Dritter Gesang.

1) (V. 1.) Ada, die Tochter Byron's, von deren Mutter er geschieden wa.

2) (B. 29.) Major Howard, ein Verwandter Byron's.

3) (B. 53.) Byron's Schwester.

4) (B. 54.) Seine Tochter Ada.

5) (B. 65.) Jetzt Avenches am Murtener See in der Schweiz.

6) (B. 106.) Voltaire.

7) (B. 107.) Gibbon.

Vierter Gesang.

1) (B. 11.) Der deutsche Kaiser Friedrich Barbarossa.

2) (B. 14.) Pianta leone (Löwenpflanzerin). Pantalon, der venetiani\
Karnevalstypus.

3) (B. 16.) Tyrtäos, Dichter von Kriegsliedern.

4) (B. 30.) Petrarka.

5) (B. 38.) Crusca, die Akademie für italienische Sprachreinheit zu Flore.

6) (B. 44.) Servius Sulpicius.

7) (B. 48.) Die Statue der mediceischen Venus.

8) (B. 83.) Napoleon I.

9) (B. 96.) Bolivar.

10) (B. 99.) Das Grabmal der Metella bei Rom.

11) (B. 118.) Numa, erster König von Rom.

12) (B. 152.) Die jetzige Engelsburg.

13) (B. 153.) Die St. Peterskirche.

14) (B. 161.) Die Statue des Apollo von Belvedere.

15) (B. 167.) Charlotte, Prinzessin von Wales, Gemahlin des Prinz\
Leopold von Coburg, spätern Königs von Belgien.

16) (B. 174.) Virgil's Aeneide.

Zeitfracht Medien GmbH
Ferdinand-Jühlke-Straße 7
99095 Erfurt, Deutschland
produktsicherheit@kolibri360.de